PAUL FEVAL FILS

LES CINQ

DÉPOT LÉGAL
TOME DEUXIÈME

20 Centimes

Collection A.-L. GUYOT
6 et 8, rue Duguay-Trouin
PARIS

Algérie, Colonies et Étranger : 25 Cent.

LES CINQ

PAUL FÉVAL FILS

LES CINQ

TOME SECOND

PARIS

Collection A.-L. GUYOT

6 et 8, rue Duguay-Trouin, 6 et 8

LES CINQ

PROLOGUE

(Suite)

La Princesse-Marquise

(Suite)

XIII

EXTRAIT D'UN RAPPORT DE POLICE

Marqué : *Auxiliaire n° 17, 2° division.* Cachet de
la préfecture.

« M. le comte Pernola dei marchesi Sampietri,
de Sicile (Giovani-Battista-Pio — *sub intercessione*
OO.SS.), est un jeune homme de vie et de mœurs
respectables qui, après avoir étudié aux sémina[illegible]
de Naples et de Rome, est rentré dans le mon[illegible]
défiance de sa vocation.

« Il habite une chambre modeste de l'hôtel Bristol, place Vendôme.

« Malgré son âge (il n'a pas encore vingt ans), M. le comte Pernola occupait une position de haute confiance chez son parent, M. le marquis de Sampierre, lequel l'avait jusqu'à présent comblé de preuves d'affection. Sans avoir le titre d'intendant qu'il eût repoussé comme humiliant et incompatible avec sa naissance, il faisait toutes les affaires de cette maison, une des plus opulentes de l'Europe.

« M. le comte Pernola n'a fait aucune difficulté pour répondre.

« Il a déclaré que, selon lui, M. le marquis de Sampierre est un gentilhomme de haute vertu, incapable de toute action contraire aux lois ou à l'honneur, et que la princesse Domenica Paléologue, marquise de Sampierre, a toujours mené une vie irréprochable. Il rougit pour ceux qui n'auraient pas honte de la soupçonner dans sa conduite. Un seul mot, selon lui, convient pour caractériser Domenica Paléologue : c'est un ange.

« Il résulte de ses déclarations que, même antérieurement au mariage, M. le vicomte Jean de Tréglave avait manifesté à l'égard de la jeune Domenica Paléologue, qui était encore un enfant, des empressements pouvant mériter la qualification de romanesques.

« M. Jean de Tréglave ne fréquentait pas la maison du prince Michel Paléologue, à Vienne, mais il y avait eu, entre lui et la jeune Domenica, des conversations, des rencontres, le tout fort innocent.

M. le marquis de Sampierre ignorait ces circonstances lors de son mariage, qui eut lieu, à Paris, le 17 mai 1844.

« Tout de suite après le mariage, les jeunes époux voyagèrent. Ce fut le commencement de la persécution (c'est le mot employé par le comte Pernola).

« Partout où les nouveaux mariés allèrent, M. de Tréglave les suivit. M. de Sampierre est d'origine italienne, il a le tempérament soupçonneux ; ses méfiances prirent corps à Milan, dans une occasion frivole, au mois d'août 1847. M. le vicomte de Tréglave était alors à Milan. Une nuit, la nuit du 26 août, dans une rue voisine de la cathédrale, M. de Tréglave fut frappé d'un coup de poignard vers la région du cœur.

« Bien entendu, M. de Sampierre resta complètement étranger à cette tentative de meurtre.

« L'hiver suivant, le jeune et illustre ménage fit une entrée brillante dans le grand monde parisien. M. de Tréglave, guéri de sa blessure, était revenu à Paris.

« Lors d'une grand-fête de style oriental, qui fut donnée à l'hôtel Paléologoe, M. le marquis de Sampierre crut avoir des motifs pour soupçonner la présence de l'homme qu'il regarda comme son rival.

« Le comte Pernola fit de son mieux pour le guérir de cette fièvre jalouse; mais tout fut inutile, et la fête se termina par un éclat malheurex, qui fit presque scandale.

« En suite de quoi, l'hôtel Paléologue devint désert. Le monde en oublia le chemin.

« Sur le fait des études médicales, attribuées par l'accusation à M. de Sampierre, spécialement au point de vue de la clinique obstétricale, le comte Pernola ne nie point l'achat de la bibliothèque du docteur P...

« Il convient aussi que M. le marquis se procura à prix d'argent une carte d'étudiant en médecine qui n'était pas à son nom, mais il ajoute que le caractère généralement studieux de son parent et le besoin qu'il avait d'occuper son oisiveté solitaire, après sa rupture avec le monde, expliquent surabondamment cette excursion tentée dans le domaine de la science.

« Quand on arrive aux évènements du mois de mai qui ont motivé la présente enquête, le même caractère de bienveillance et de bonne foi se retrouve dans les déclarations du jeune comte Pernola.

« Son point de départ est celui-ci : il n'a rien vu, par la raison toute simple que M. de Sampierre l'avait engagé à choisir ce jour-là (le 23) pour aller à ses affaires ou à ses plaisirs.

« Madame la marquise a dû mettre au monde un enfant, puisque le 23, à midi, on attendait ses couches d'heure en heure et que le 24 au matin, elle était délivrée : ceci paraît certain.

« L'aide du docteur Raynaud ne fut point réclamée, c'est un fait acquis.

« Mais M. le comte Pernola ne pense pas qu'on

ait positivement, ni surtout volontairement écarté ce savant praticien au moment critique.

« S'il était permis de rapporter des on-dit, le comte Pernola déclarerait que le bavardage intérieur de l'hôtel Paléologue dénonçait la présence d'un fiacre dans la rue Neuve-Sainte-Catherine, le long du mur du jardin, cette nuit-là, depuis neuf heures du soir jusqu'à trois heures du matin.

« A trois heures, une femme sortit de l'hôtel par la petite porte du jardin ; elle avait entre ses bras un fardeau, enveloppé dans une mante : elle remit le paquet à un homme qui était dans le fiacre, et le fiacre partit.

« Le comte Pernola n'affirme en aucune façon l'authenticité de ce dernier détail.

« Il est convaincu, jusque dans le fond de l'âme, que tous ces mystères, en apparence si obcurs, s'éclairciront à l'avantage de M. le marquis et de Mme la marquise de Sampierre, dont il reste le dévoué parent, les tenant tous les deux pour des modèles d'inattaquable vertu... »

A la suite de ce rapport, était cette mention :

« Notes pour M. le préfet.

« Agent tout jeune, fils d'employé. Nom : V. Chanut.

« Ira bien. »

❦

DÉCLARATIONS ET TÉMOIGNAGES

Extrait d'un dossier contenant cinq numéros. *2ᵉ division, 2ᵉ bureau.* Cachet de la Préfecture.

N° 1

« Les concierges :

« Déclarent, le mari et la femme, qu'un meurtre a été commis à l'hôtel Paléologue, dans la nuit du 23 au 24 juin 1847, sur un enfant nouveau-né dont le sexe leur est inconnu.

« N'ont rien vu ni entendu qui puisse appuyer leur dire, mais y persistent.

N° 2

« Chardon Joseph, employé du gaz :

« A vu ouvrir la porte du jardin dans la nuit du 23 au 24, une femme sortir et s'approcher du fiacre.

« N'a pas remarqué le paquet (ou l'enfant). Ne sait autre chose.

N° 3

« Pétraki, serbe de naissance et ancien cocher des Sampierre.

« Ne sait rien.

(A été congédié par ses maîtres la veille de leur départ de Paris.)

N° 4

« Phatmi, femme Pétraki, ancienne première femme de chambre de M'' la Marquise de Sampierre, déclare que M. le marquis, vers neuf heures du soir, lui défendit l'entrée de la chambre, où elle avait laissé sa jeune maîtresse endormie ;

« Qu'elle n'a pu, en conséquence, rien entendre ni rien voir ;

« Mais, qu'à aucun degré, elle ne soupçonne ses anciens maîtres.

« Nota. — De même que son mari, la femme Phatmi a été congédiée la veille du départ.

« Elle est d'origine Tzigane. Les Tziganes sont ceux que l'on appelle chez nous des Bohêmes : race demeurée à l'état barbare et dépourvue de toute religion.

« M. le docteur J.-B. Raynaud, professeur titulaire, chef de service à l'hôpital Saint-Louis, officier de la Légion d'honneur.

« Déclare n'avoir connu M. et Mᵐᵉ de Sampierre que depuis très peu de temps et sous les plus excellents rapports ;

« Avoir été refusé deux fois : la première à la porte de l'accouchée, par M. le marquis lui-même, la seconde sous un vestibule par un domestique, dans la soirée du 23 mai, à neuf heures et aux environs de minuit ;

« S'être étonné vivement de ce procédé, mais ne pouvoir point en tirer des conséquences qui lui semblerait trop graves.

« Nota. — M. le docteur Raynaud ne croit pas à un meurtre. »

II

RÉSUMÉ GÉNÉRAL

Inspecteur, Nº 8, Cabinet (Cachet).

« Dans le quartier du Marais, l'émotion, loin de diminuer, augmente. Le départ de la famille du marquis de Sampierre a mis le comble au mécontentement du public.

« Croyance générale à un meurtre. Présomption d'adultère. Enorme quantité de bruits très affirmatifs, mais qui ne reposent sur aucun fondement bien précis.

« Travail politique : on rapproche cette douloureuse affaire du crime de l'hôtel de Praslin. Les « frères et amis » se remuent.

« Détestable effet.

« Urgence absolue d'une instruction qui fasse au plus tôt la lumière. »

III

RAPPORT

Préfet, Cabinet (Cachet).

« Sur l'ordre de Sa Majesté, j'ai l'honneur d'adresser à Votre Excellence copie du travail transmis au cabinet du roi.

§ 1er

« Sur la première question, ainsi conçue :

« *Dans quelle mesure le parti de l'agitation a-t-il exploité l'événement de l'hôtel Paléologue ?*

« Réponse :

« Les comités ont tenu séance aux bureaux de la *Réforme*, au carré Saint-Martin, rue Pascal et faubourg Saint-Antoine. Les attroupements du soir persistent aux alentours de l'église Saint-Paul. Peu de cris séditieux, mais émotion qui se prolonge et effets déplorables à tous égards. C'est de l'huile jetée sur l'incendie Praslin. Il faut désormais un temps moral pour atteindre la période d'apaisement.

« Du reste, aucun danger immédiat.

§ II

« Sur la seconde question :

« *Est-il opportun de pousser l'enquête à la ri-gueur ?*

« Réponse :

« Non, quoiqu'il fût peut-être dangereux de la supprimer complètement.

« La presse de toutes nuances est éternellement complice de l'agitation, parce qu'elle fait commerce de fièvre. Les journaux s'en vont de langueur quand le pays est calme ; ils boivent le scandale comme la laitue a soif d'eau grasse et faim de fumier. L'important est de ne pas fournir aux braillards un texte pour varier leur boniment à la foire de la vente au numéro.

§ III

« Sur la troisième question :

« *Y a-t-il apparence que l'affaire, poussée avec vigueur, pût avoir sa solution rapide ?*

« Réponse :

« Non. Quelques convictions peuvent être for-mées et les passions ignorantes ont pu se faire une opinion, mais la lumière manque et le fil conduc-teur est brisé dès les premiers pas. La plus considé-rable présomption gît dans l'absence même des époux de Sampierre.

« On ne connait pas leur résidence nouvelle et pourtant ils ont traversé la France entière sans pré-caution d'aucune sorte, emmenant toute leur mai-son avec eux.

« Je dois déclarer que l'ensemble des rapports reçus laisse l'instruction au point exact où elle était le premier jour. Parmi les agents, les opinions sont partagées.

« Moi, je n'ai pas d'opinion. Le temps parlera.

§ IV

« Sur la quatrième question :

« *Y aurait-il opportunité à étouffer l'affaire ?*

« Réponse :

« Il y a opportunité à déblayer les pierres qui peuvent faire verser la diligence dans le fossé du chemin. Je prendrai donc la liberté de changer légèrement le libellé de la question, et je me demanderai s'il y a *possibilité* d'étouffer l'affaire.

« Je réponds : Oui, avec de la prudence. Les choses elles-mêmes semblent s'y prêter. L'hôtel Paléologue est vide. Les éléments d'une instruction judiciaire manquent ou sont dispersés. *Il n'y a pas un seul témoin.* Et personne même ne saurait dire si le fameux enfant, prétendu supprimé, n'est pas tranquillement en nourrice.

« Il y a donc *possibilité ;* il y a même *facilité.*

« Je dirais presque : il y a *nécessité.* Nous assistons à ce douloureux spectacle d'un règne prospère et glorieux attaqué par en bas et en quelque sorte ébranlé au choc d'une multitude de faillites morales. Il ne faut pas afficher le choléra sur les murailles, car la peur fait la contagion.

« Le remède au bruit, c'est le silence. »

IV

ÉCHO DU JOURNAL « LE CORSAIRE »

(Extraits)

Du mois de décembre 1847 :

« Une famille richissime et très noble, autour de laquelle Paris faisait beaucoup de bruit l'an dernier à pareille époque, voyage aujourd'hui modestement en Italie.

« M. le Marquis de Sampierre et la princesse-marquise sont à Rome après avoir passé tout le mois de novembre à Cannes.

« Nous ne sommes pas curieux, mais nous voudrions bien savoir si les sphinx de la préfecture et du palais ont deviné, depuis ce temps, l'énigme de l'hôtel Paléologue... »

Du mois de janvier 1848 :

« San Francisco de Californie, la nouvelle ville qui se bâtit dans la boue avec de l'or, est décidément à la mode. On cite parmi les aventuriers hardis qui explorent le moderne Eldorado, deux des membres les plus distingués et les mieux aimés du high-life parisien : le vicomte Jean de Tréglave, dernièrement encore attaché à l'ambassade de Saint-Pétersbourg, et son frère le chevalier Laurent de Tréglave.

« On dit tout bas qu'il y a au fond de cet exil volontaire une étonnante histoire d'amour et un grand deuil, sans parler d'un rare exemple de dévouement fraternel.

« Pour ce qui regarde le brillant vicomte, nous devons taire « les racontars » qui circulent ; mais à l'égard du chevalier Laurent, personne n'a oublié l'étrange roman de ses amours avec Laura-Maria Stozzli, la belle somnambule, qui disparut le matin même du jour où Laurent de Tréglave, brouillé pour elle avec toute sa famille, allait la conduire à l'autel.

« Les deux frères ont pris le chemin des mines. Bonne chance ! »

FIN DU PROLOGUE

PREMIÈRE PARTIE

Laura-Maria

I

UN MYSTÈRE DE PARIS

Il s'est écoulé vingt ans depuis notre prologue. Nous sommes au mois d'août 1867, et nous pénétrons avec vous dans un des trous les plus curieux du Paris démoli.

On commençait à bâtir la maison qui masque maintenant, du côté de la rue de Babylone, ce village inconnu qui n'avait point de nom officiellement inscrit au plan de la grande ville, mais que les voisins de la caserne appelaient le passage Donon. Je ne garantis pas cette orthographe. J'ai vu écrire aussi Daunon et même d'Aunont.

Cela longeait un parc, le dernier parc existant dans Paris, car l'enclos des Ternes était déjà coupé par le chemin de ceinture, et la municipalité dorait les grilles de Monceaux, devenu jardin public. Dans le parc, il y avait un château, qu'une princesse de la famille d'Orléans avait habité pendant le dernier règne et que le faubourg Saint-Germain connaissait maintenant sous le nom d'hôtel de Sampierre.

C'était une vaste maison, bâtie sous Louis XVI et qui n'avait rien de monumental. Sa grande tournure lui venait surtout des admirables bosquets dont elle était flanquée. Au bout des parterres et non loin du mur de clôture, s'élevait un pavillon, datant des premières années de Louis-Philippe.

Le passage Donon suivait le mur oriental du parc selon l'épaisseur presque totale de cet énorme pâté qui sépare les rues de Babylone et de Varenne. Il était tantôt étroit comme un boyau, tantôt large comme ces renflements des chemins villageois où s'établissent les vaines pâtures. La boue s'y produisait tout naturellement en abondance et, par place, il y venait des landes d'orties et de chardons.

A quatre ou cinq cents pas de la rue de Babylone, une seconde ruelle, plus capricieuse encore et perdue dans des détours inextricables, coupait la « grande rue Donon » à angle droit pour rejoindre la rue Barbet-de-Jouy.

On appelait ce second boyau : *le Boulevard*, soit par moquerie, soit à cause d'un orme de très belle venue qui vivait là et s'y portait bien en dépit de tout sens commun.

Ce coin était un monde. Il avait son aristocratie, ses bourgeois et son peuple. Depuis que les maçons obstruaient l'entrée, vers la rue de Babylone, le trou Donon, regrettant une prospérité passée qui jamais n'avait existé, pleurait son âge d'or absolument fantastique et disait : « Les affaires ne vont plus ! »

La grande rue, bordée dans tout son parcours par la haute muraille du parc de Sampierre, n'avait d'habitations que d'un côté et n'était pas gaie. Il y avait « la grande maison » pour l'aristocratie, les simples maisons pour les bourgeois et les bouges pour le petit peuple.

La grande maison avait deux étages et deux fenêtres de façade, les maisons étaient des masures bâties avec des tessons, des fonds de chapeaux, des bouchons, des os, de la poussière, du crachat et de la paille : quant aux bouges, rien ne peut dire ce qu'ils étaient. Dans l'un d'eux, qui portait une enseigne de cabaret, on jouait la poule.

Il y avait en tout quinze à vingt feux, y compris la grande maison, habitée par le père Preux, dit le Poussah, homme de deux cent cinquante livres, au bas mot, prêteur à la semaine et sur gages, courtier à la Bourse, négociant en chiffons, et principal locataire de la cité. Car le trou Donon était une cité.

Le « principal », comme l'appelaient généralement ceux qui reculaient devant la trop grande familiarité du mot Poussah, perdait le souffle au bout de quatre pas. Il allait néanmoins tous les jours à la

Bourse dans une charrette à bras qui le menait jusqu'à l'omnibus où son entrée suscitait de sauvages protestations. A la Bourse, il avait la spécialité de faire pour les « dames. » Il en avait couché des centaines sur la paille : cela attirait les autres.

Avant d'entrer en matière, nous noterons un dernier détail descriptif très nécessaire à l'intelligence de ce qui va suivre.

A moitié chemin, entre la rue de Babylone et ce boyau ironique titré de boulevard, le mur du parc de Sampierre présentait une large solution de continuité, défendue par un saut de loup profond qui dessinait une ligne courbe rentrante. Le raccord entre les murs et le saut de loup se faisait au moyen d'une murette, bâtie en biseau et dont le sommet se hérissait de fer forgé, disposant ses paraphes de façon à valoir chevaux de frise.

Évidemment, à une époque antérieure, on avait ménagé cette échappée pour avoir vue sur la campagne.

Plus tard, pour éviter l'aspect misérable et trop voisin du trou Donon, les propriétaires du parc avaient acheté toute la partie qui faisait face au saut de loup. Ces terrains restaient à l'état de friche, fermés par un bouquet d'arbres qui, pour le parc, faisaient rideau de fond.

De sorte que la cité était coupée en deux par cette manière de petite plaine où la tolérance des riches voisins laissait semer quelques laitues et planter quelques choux. On y voyait ordinairement une chèvre maigre qui faisait semblant de brouter.

La nuit, le trou Donon manquait de tout système d'éclairage. « La place », comme on appelait complaisamment le terrain vague, était un véritable désert, mais un désert peu dangereux parce qu'il n'y passait personne. En été, à dix heures, en hiver, dès huit heures, le trou Donon dormait à l'unanimité.

La grande maison s'élevait flanquée de trois masures, entre la place et la rue de Babylone. De l'autre côté de la place, il y avait une demi-douzaine de masures et autant de réduits sans nom, habités ou vides.

Le 3 août 1867, à sept heures du soir et par une chaleur étouffante, toutes les pauvres demeures composant le trou Donon avaient vomi leurs locataires au dehors. La place était dans toute sa gloire, et vraiment, personne n'aurait pu soupçonner à quel chiffre se montait la population de ce coin. Il y avait de véritables bandes d'enfants grouillant dans la poussière et taquinant la chèvre, pendant que les parents prenaient l'air, assis par groupes ou couchés paresseusement partout où le hasard avait mis un brin d'herbe.

La physionomie de ces Tuileries de la misère était triste, mais non point menaçante. Ce n'était pas du tout une de ces cours des Miracles où le meurtre et le vol campent au beau milieu de Paris, et c'est à peine si le cabaretier avait trois ou quatre clients à ses tables vermoulues.

On était neutre dans ce pays perdu qui semblait affaissé et résigné sous le faix de l'indigence. Rien n'y perçait, ni le bien ni le mal.

Paris était évidemment à cent lieues, sans qu'on fût pour cela plus voisin de la campagne. Vous n'eussiez pas trouvé ici trace de l'effort qui relève. On travaillait, mais à des métiers paresseux ; les chasseurs des chiffons étaient en majorité. Peu de querelles, peu de bienveillance aussi ; une seule haine : le Principal ; une seule curiosité : la Tartare.

La Tartare, c'était cette grande femme assise là-bas, à l'écart, sur une pierre, qui soutenait dans ses bras une enfant malade et endormie.

L'enfant était une femme de dix-huit ans, quoi-qu'elle ne parut pas avoir atteint sa quinzième année, et son mari, Joseph Chaix, était le seul ouvrier véri-table qui habitât le trou Donon.

Celui-ci partait de bon matin et rentrait tard. Il adorait sa petite femme, il aimait sa belle-mère ; il rapportait tout ce qu'il gagnait bien fidèlement, mais ses journées se passaient à chercher du travail plutôt qu'à travailler. Pourquoi ? Le trou Donon tout entier vous aurait répondu : « La Tartare por-tait malheur. »

Il y avait déjà longtemps qu'elle était arrivée, un matin, avec son gendre et sa fille, si pâle et si jolie. Le Poussah leur avait loué, le plus cher possible, la plus belle de ses masures qui avait deux chambres, dont une à cheminée. Les voisins avaient oublié tout de suite un nom étranger qu'elle avait pour l'appeler la Tartare, parce que, chaque dimanche, quelque temps qu'il fit, elle prenait son bâton pour traverser Paris tout entier et se rendre à l'église russe dont les dômes dorés se voient du boulevard de Courcelles. Ses grands yeux noirs brillants et bien ouverts avaient un regard étrange... On avait été longtemps avant de savoir qu'elle était aveugle.

La chronique ajoutait : à force de pleurer.

Elle était encore belle, en ce temps-là. Sa taille fière se drapait dans des vêtements usés, qui n'étaient point ceux d'une Française; ses cheveux sombres, où pas un poil blanc ne se montrait, s'enveloppaient dans une vieille mousseline, toujours propre, dont les bouts longs et larges flottaient derrière ses épaules et retombaient jusqu'à ses pieds.

On lui avait vu, le premier mois, des boucles d'oreilles de dimension inusitée, toutes rondes et armaturées par des S en or. Le Poussah, au premier terme échu, l'en avait débarrassée.

Aujourd'hui, les pauvres gens du trou Donon la regardaient du coin de l'œil et se disaient :

— La voilà au bout de son rouleau.

D'autres répondaient :

— Savoir ! il y a du monde à l'hôtel de Sampierre. La princesse Charlotte est revenue de la campagne; la Tartare aurait encore chance de payer son terme, si elle n'avait pas tant d'orgueil.

— Mais la princesse Charlotte n'est pas avertie et la Tartare a trop d'orgueil.

— Et c'est demain le dernier délai : à midi, le Poussah les mettra dehors !

Ces paroles étaient échangées sans plaisir ni peine. Il faut bien causer à la promenade.

Celle qu'on appelait la Tartare ne les entendait pas. Elle veillait, immobile et grave, sur le sommeil de sa fille.

Le Poussah, lui, le père Preux, le lord-maire de cette cité — « Monsieur le Principal » — était au second étage de la grande maison, soufflant auprès de sa fenêtre ouverte. Il vivait seul. Son ménage était fait par ce soldat de la caserne Babylone qui le voiturait aussi jusqu'à l'omnibus.

Pour monter ses étages, il avait les locataires en retard, tantôt l'un, tantôt l'autre, qui poussaient par derrière pendant que le soldat tirait en avant.

D'apparence, le père Preux était un vieillard apoplectique et menacé de mort à chaque instant par la courte haleine. Il mesurait dans sa veste de tricot rouge, immense et pleine à crever, la circonférence d'un hippopotame.

En réalité, il n'avait pas cinquante ans.

Sa figure, déformée par l'obésité, pendait littéralement sur son gilet; mais, au milieu de cette masse molle, il y avait un nez aquilin, arrêté vivement, et deux yeux vivants, à l'émail teinté de rose, qui regardaient rond comme ceux des oiseaux de proie.

Il avait achevé son dîner et faisait ses comptes du jour entre sa pipe et une vaste cruche de bière. On l'entendait gémir et respirer d'en bas. Cela ne l'empêchait pas d'être de bonne humeur, car il chantonnait une gaudriole en s'arrêtant deux fois par mesure pour souffler.

César dictait à je ne sais plus combien de secré-
taires. Le Poussah était aussi fort que César, car
tout en soufflant, chantonnant et additionnant, il
trouvait encore moyen de causer tout seul.

— C'est un damné gredin ! pensait-il, et je parie-
rais ma tête qu'il aura les millions en fin de compte !
Voilà trois fois qu'il vient ici, c'est drôle. Que diable
peut-il me vouloir, cet Italien confit à la pommade ?

Un bruit de pas se fit au dehors dans la ruelle.
Le Poussah tira tout doucement une ficelle qui releva
un petit miroir, de ceux qu'on nomme « espions. »
Ce miroir, incliné au coin de la fenêtre, selon l'angle voulu, lui renvoya la partie de la grande rue qui
montait à la rue de Babylone.

Un homme d'apparence jeune encore et très élé-
gamment vêtu s'approchait, manœuvrant avec pré-
caution ses bottes vernies dans l'épaisse poussière
du chemin.

— C'est lui ! gronda le Poussah, dont la grosse
figure prit une expression avide et rusée. C'est fin,
les oiseaux d'Italie, mais celui-là vient trop souvent
au trébuchet. Je l'aurai !

II

INTÉRIEUR DE CAPITALISTE

La porte qui donnait sur l'escalier était grande ouverte pour établir un courant d'air. Le Poussah agitait en outre, à tour de bras, un vaste éventail en papier vert dont la ventilation tempétueuse ne suffisait pas à tarir les ruisseaux de sueur qui se croisaient sur ses joues.

Il but un bon verre de bière et attendit.

— Êtes-vous là-haut, voisin ? demanda une douce voix de ténor au bas de l'escalier.

— Montez, montez ! fit le père Preux. Tais-toi, Tonneau !

Tonneau était un vieux chien presque aussi gros que son maître, qui grognait couché derrière le lit. Le père Preux ajouta en s'adressant toujours à Tonneau :

— Tu ne dois affronter que les pauvres et ce coquin a de quoi !

Le nouvel arrivant gravit l'escalier d'un pas leste et fit, presque aussitôt après, son entrée.

A tous égards, il mériterait une description particulière si nous ne le connaissions suffisamment par avance et très intimement.

C'était notre Pernola, le joli comte, l'excellent cousin des Sampierre, dont le jeune âge, il y a vingt ans, était si plein de suaves promesses. Nous devons dire tout de suite qu'il n'avait pas veilli d'un jour depuis le temps. Il était aussi frais, aussi blanc, aussi battant neuf que le fameux soir de la fête orientale. Il y a parmi ces Italiens des matières premières inusables qui font de véritables confitures d'ingénus.

On n'en voit jamais la fin.

Mais la beauté n'est rien, ce qui frappait dans notre Giambattista parvenu, sans en avoir l'air, à la maturité de la vie, c'était la franchise bienveillante et pleine de finesse, la douceur, le mœlleux, la galan-thommerie, s'il est permis de s'exprimer ainsi. Il était si coulant, si décent, si charmant que les chiens le léchaient dans la rue. Et digne, avec cela, et gra-cieux, et tout !

Que diable un pareil bijou pouvait-il avoir de commun avec le Poussah du trou Donon ?

— Eh bien ! voisin, dit-il en entrant — et cette question banale acquérait un attrait en tombant de ses lèvres — qu'avez-vous fait à la Bourse, tantôt ?

— Asseyez-vous, répondit le père Preux. La Bourse ne va pas mal, merci. On vous offrirait bien un coup à boire, mais il n'y a qu'un verre, et vous ne venez pas ici pour vous rafraîchir, eh ?

Le Pernola prit une chaise qu'il mit à côté du fauteuil de son hôte, bien gentiment.

— J'espère que je ne vous gêne pas, dit-il en cultivant ainsi le bon voisinage ? Je viens souvent, savez-vous ?

— Voisin, vous avez sans doute vos raisons pour ça.

Pernola sourit et repartit :

— Figurez-vous que je vous avais reconnu tout de suite...

— Et moi, donc ! fit le Poussah. Et Tonneau qui ne vous a jamais mordu, quoiqu'il n'était pas né dans le temps... mais c'était son père : Quelle drôle de chose que la mémoire !

Il ajouta en clignant de l'œil :

— Alors, aujourd'hui, on va mettre dans le coin la finasserie des autres fois et causer un peu raison, nous deux, comme de vieilles connaissances ?

Giambattista tendit sa main fine et blanche que le Poussah couvrit de deux de ses doigts.

— Ça ne nous rajeunit pas, voisin, prononça tout bas l'Italien. Voilà aux environs de vingt ans que nous ne nous étions vus.

— C'est vrai, vingt ans ! Déjà ! Vous souvenez-vous de l'auxiliaire n° 17 qui alla vous relancer après l'affaire à l'hôtel Bristol ?

Pernola atteignit sa boîte à cigares, pendant que le père Preux le regardait en secouant la cendre de sa pipe.

— Fumez-en un pour vous changer, dit l'Italien, qui offrit sa boîte ouverte.

Le Poussah en choisit deux et les mit dans sa poche, disant :

— Je colle ça à nos dames, en Bourse.

Et il rebourra sa pipe avec ses grosses mains engorgées qui tremblaient.

— Je parlais de l'agent n° 17, reprit-il, parce que je l'ai rencontré ces jours-ci nez à nez.

— Comment s'appelait-il donc déjà, cet auxiliaire ? demanda le comte en ouvrant un mignon canif pour couper le bout de son cigare.

— Chanut... Vincent Chanut, parbleu !

Le comte frotta une allumette.

— C'est juste, fit-il, je l'avais oublié.

— La mémoire est une drôle de chose ! dit pour la seconde fois le Poussah. A l'époque, ce Vincent Chanut était un tout petit mouchard. Maintenant, il a quitté l'Administration, mais c'est égal : il ne vit pas de ses rentes. Savez-vous qu'il vous fiiait de près le jour où vous apportâtes les soixante mille francs chez le docteur Strozzi ? Hein, cette Laura-Maria ! quel beau brin de fille ! Ma parole, ça fait plaisir de se rappeler comme ça les bonnes farces de l'ancien temps !

Pernola regardait le bout de sa botte d'un air placide.

— Oui, dit-il, ça fait grand plaisir.

— Puis il ajouta sans relever les yeux :

— Qu'est-ce que c'est que les Cinq ?

Le Poussah ôta sa pipe de sa bouche.

— Tiens ! tiens ! fit-il. Moi qui croyais que vous veniez ici pour ma locataire aveugle ! La Tartare, Encore une vieille connaissance, dites donc ? Et votre belle petite mademoiselle d'Aleix venait la voir bien souvent au printemps dernier... Parole d'honneur ! c'était pour vous que j'avais donné congé à la bonne femme, et je croyais que vous me feriez un cadeau d'amitié, mon voisin pour cette attention-là.

— Qu'est-ce que c'est que les Cinq ? répéta le comte. Vous serez payé comme il faut.

Le gros homme haussa les épaules et répondit :

— Mauvaise piste. Vous courez la petite bête. Les Cinq sont des viveurs, devenus sauteurs, puis escamoteurs et qui finiront voleurs. Laissez ma clientèle tranquille, voisin, ça ne vous regarde pas.

— Il y a parmi les Cinq, deux personnages...

— Mœris et Moffray ? Mauvaise piste. Quand vous voudrez, je vous les donnerai tout cuisinés à cent sous les deux... et, pour la peine, vous me direz où vous avez fourré M. le marquis de Sampierre, eh ! ça va-t-il ?

— Pernola répondit avec beaucoup de calme :

— Mon malheureux parent et ami, tout le monde sait cela, est à Bellevue, maison de santé du docteur Raynaud.

— Vous êtes sûr ?... prononça tout bas le gros homme dont les yeux étaient fermés à demi. Eh bien ! c'est un établissement qui a une bonne réputation. Et de là-bas, au moins, ce pauvre M. de Sampierre ne peut pas entendre les gens qui chantent et dansent chez lui tous les soirs.

— A qui le dites-vous ! murmura l'Italien avec un gros soupir, je ne suis pas le maître.

— Pas encore, du moins. Voyons, voisin, moi, j'ai le cœur sur la main, que payez-vous ?

D'un geste délibéré, le comte atteignit son portefeuille et l'ouvrit sous le regard du Poussah qui brillait joyeusement. Le comte tira un billet de mille francs et l'offrit de la manière la plus aimable.

— Et avec ça ? demanda le père Preux.

Le comte redoubla sans se faire prier.

— Et avec ça ?

Le comte referma son portefeuille.

— Alors, dit le père Preux en mettant les deux billets de banque sur la table, ce n'est bien sûr pas pour l'affaire du jeune premier qui fait des visites chez vous en passant par-dessus la grille, au coin du saut de loup, en face ?

— Vous l'avez vu ? s'écria Pernola ?

— Dame ! on est ici aux premières loges pour tout voir chez vous, voisin.

— Il a pénétré dans le parc ?

— Sans fatigue ni douleur, et il y reviendra : c'est leste, à cet âge-là ! S'il me fallait en faire autant, moi...

— Et Charlotte... je veux dire Mᵐᵉ d'Aleix ?

— La petite princesse ? Ma foi, je n'ai rien pu voir, les massifs sont épais... Mais je n'ai jamais été un rabat-joie, de caractère, et je sais bien comment je me comporterais à la place de la demoiselle. Une jolie paire d'amoureux, voisin, il n'y a pas à dire non !

Pernola fit le geste de rouvrir son portefeuille,
mais le père Preux lui arrêta la main :

— Attendez, dit-il, ne mêlons pas les comptes !
J'ai une histoire ancienne qui vaut juste les deux
chiffons déjà encaissés. Quand elle sera finie, nous
attaquerons une autre opération plus moderne. Ici,
tout est à prix fixe, comme au Gagne-Petit : pas de
rabais !

Il vida son verre avec gloutonnerie et reprit :

— Ecoutez-moi ça ! J'avais alors l'honneur d'être
pour tout faire chez un picaro des environs de
Tarbes qui s'était donné un nom italien : Strozzi,
pour jeter de la poudre aux yeux des imbéciles. On
peut dire que celui-là était le fils de ses œuvres : Il
avait été jusqu'à se recevoir médecin lui-même et il
menait avec lui la plus jolie coquinette que jamais
le diable ait stylée : la somnambule Laura-Maria,
vous vous souvenez bien d'elle.

Un parfait nigaud, M. Laurent de Tréglave, faisait la cour à la donzelle, qui mit au monde, sous
son nez, une mignonne petite fille sans qu'il s'en
aperçut le moins du monde. Vous ne seriez pas
fâché de savoir ce que ce Laurent est devenu ; son
frère Jean aussi ; patience ! Paris n'a pas été bâti en
un jour.

La donzelle n'était pas la première venue, elle
appartenait de la main gauche à une famille que
vous connaissez bien et qui l'avait toujours repous-
sée très durement. En désespoir de cause et voyant
que l'eau ne venait pas au moulin, elle s'était déterminée à épouser cet innocent de Laurent, lorsque

le hasard mit entre ses mains, entre les mains de son Strozzi plutôt, un secret qui pourrait mener loin.. je dis très loin, M. le marquis de Sampierre et même, c'est mon humble opinion, le jeune comte Giambattista Pernola, son conseiller privé. Hein ? quelle drôle de chose que la mémoire !

Je ne vous avais pas revu depuis Milan, où nous avions eu des rapports assez agréables pour l'affaire de la cathédrale. Comment les Strozzi étaient mêlés à l'histoire de l'hôtel Paléologue à Paris, je n'en ai jamais rien su, — à moins toutefois que mon meilleur ami, un certain François Preux, ne les eût informés. Ah ! le gros coquin ! Les Strozzi menacèrent et ils firent bien. J'étais là quand vous eûtes l'obligeance de leur apporter soixante beaux billets de banque, de la part du noble marquis apprenti accoucheur, et j'espérais bien en avoir ma part. Je l'avais gagnée.

Le mariage de la somnambule était fixé au surlendemain. Laurent de Tréglave s'était, ma foi, brouillé avec toute sa famille pour arriver à ce beau résultat, mais la vue des trois mille louis changea brusquement les idées de Laura-Maria. Elle déclara à son Strozzi que l'argent était à elle, comme fille de Paléologue, et qu'elle prétendait s'en faire honneur à son idée.

On vivait assez bien dans ce ménage de polichinelle; je ne m'y déplaisais pas trop. C'était très décent devant le monde et très gai quand le monde était parti. Mais, ce soir-là, il y eut tapage, on se disputa, on se battit, on se réconcilia pour se battre encore. Dans sa colère, le Strozzi donna plus de vingt-cinq noms au papa de la petite Maria qui était en nourrice. A la fin, on fit monter le champagne : ça se terminait toujours de même. La jeunesse ! et pas de principes ! c'est agréable.

A la troisième bouteille, ils étaient si grands amis que j'en avais honte pour eux. On alla se coucher, et je vais vous dire : comme le Strozzi était médecin, j'avais dans mon idée qu'il la soignerait une nuit ou l'autre avec une pincée de mort aux rats...

Mais les somnambules !... Maria-Laura était une fine mouche, et pour du talent, elle en avait ; vous allez voir !

III

LA MÉMOIRE DU PÈRE PREUX

Bien entendu, reprit le père Preux qui soufflait joyeusement comme une baleine espiègle qui conterait des gaudrioles, j'avais eu ma part de champagne : ils n'étaient pas regardants. Je m'endormis dans la salle à manger même, quoique je porte joliment la boisson.

Le champagne n'était pas drogué d'avance, mais je m'étais servi du verre du docteur...

Vous comprenez déjà, pas vrai ? Bon. Je n'avais eu que la goutte du fond, le docteur avait bu le reste.

Tout en dormant, il me semblait que j'entendais bouger, bouger.... La mémoire ! Je jurerais que c'était hier !

Quand je m'éveillai le lendemain matin, la maison se taisait de bout en bout. Pas un souffle.

Auprès de moi, sur la nappe, il y avait une lettre qui n'était pas cachetée et qui portait l'adresse de M. de Tréglave (Laurent). Je l'ouvris par habitude, et, dès les premières lignes, je me frottai les yeux à tour de bras, car je croyais encore rêver.

Voici ce qu'elle disait à peu près, sauf le style que je vais peut-être embellir malgré moi :

« Noble trésor de ma jeune âme innocente, je ne suis plus digne de vous ! Cette nuit, dans une heure de délire, l'homme que j'estimais comme un père a eu la maladresse d'attenter en mon honneur, à la suite de quoi il a terminé brusquement ses jours au moyen de l'asphyxie déterminée par la vapeur du charbon. Malheureux docteur Strozzi, qui eut pensé ça de toi ? Que l'Être suprême te pardonne ! Moi, séduite par l'exemple de Lucrèce, je sais ce qui me reste à faire. Vous ne me reverrez jamais que dans ce papier arrosé de mes larmes. Adieu ! »

Après avoir lu ça, je me mis à rire, flairant quelque coup monté par Maria dans les jambes de ce bénêt de Laurent ; je ne croyais pas encore au charbon, mais il y avait autour de moi une coquine d'odeur comme quand on ferme la clef du haut dans les poêles. Ça venait par les bords de la porte de la chambre à coucher.

J'allai voir, elle était fermée en dedans, mais j'avais le truc pour l'ouvrir. La vapeur du charbon faillit me jeter à la renverse, et quand je me lançai vers la fenêtre pour donner de l'air, je vis que toutes les fentes en avaient été calfeutrées avec du papier collé.

La somnambule avait songé à cela ! Et un soir de champagne encore !

Il y avait deux fourneaux de cuisine qui achevaient de brûler le reste de leur fumerons, et le docteur Strozzi dormait sur son lit, tranquillement. Jamais il ne s'est éveillé.

Ici, le père Preux cligna de l'œil et se versa à boire.

— Et après ? demanda le comte Giambattista.

— Après, je fis un choix dans ce qu'il y avait de bon pour me payer de mes gages, je mis à la poste la lettre pour l'imbécile de Tréglave, et j'allai faire un tour au pays, là-bas, du côté de Tarbes. Un bon climat.

— La justice n'intervint pas ?

— Si fait. L'éveil fut donné par le Tréglave, qui vint, tout chaud, tout bouillant, chercher son Eurydice. Mais le commissaire n'y vit goutte. Est-ce qu'ils savent ! Ils ont leur petit bonhomme de dictionnaire où charbon veut dire suicide et non pas assassinat. Le curé refusa d'enterrer Strozzi en terre sainte, M. de Tréglave prit le deuil, et ce bijou de Maria fut débarassée, en une seule fois, de son docteur, de son Laurent et de sa petite fille qui resta à la grâce de Dieu.

— Chez la nourrice ?

— Oui, chez la nourrice. Mais on peut bien vous dire encore cela pour vos deux billets. Il vint une bonne dame qui s'intéressa à l'enfant.

— Qui était cette dame ?

— Je ne m'en souviens pas pour le moment. Ma mémoire est si drôle ! elle a des rats comme des clarinettes !

— Et Laura-Maria, que devint-elle !

— Maria avait soixante mille francs dans sa poche et son talent. C'est de l'argent, ça !

Le Poussah se mit à « curer » sa pipe en regardant M. le comte d'un air narquois. Il y eut un silence, après quoi Pernola demanda :

— Et en quoi tout cela me concerne-t-il ?

— Farceur ! répondit le père Preux en émiettant son tabac.

Les beaux sourcils noirs de Pernola se froncèrent. Le Poussah chargea, alluma et reprit :

— Pardonnez-moi ce nom d'amitié, voisin. Vous êtes comme la somnambule, vous avez du talent. Est-ce que vous croyez, vous, qu'on ne peut pas avoir de bons yeux sans avoir passé par la préfecture ? Écoutez encore : il y a aujourd'hui dans Paris un homme qui revient de loin, loin, loin, et qui rapporte de la poudre de perlimpinpin plein son sac. Il se fait appeler capitaine Blunt. Si cet homme-là avait eu l'idée de s'adresser à moi, qui vous parle, au lieu d'entrer dans la stupide boutique du Vincent Chanut, je ne donnerais pas cinquante centimes du trou de mine que vous creusez depuis vingt ans et plus ! Mais ce bonhomme, qui revient de si loin, et qui ne s'appelait pas Blunt autrefois, ah ! mais non ! a toujours visé à côté du cinq cents, et il est maintenant trop vieux pour apprendre à ne plus loucher. Voyons ! ai-je tout dit ? A peu près. Nous parlerons plus tard de M⁻ la baronne de Vaudré... Celle-là vous intéresse, eh ?

— Pourquoi ne parlons-nous pas d'elle tout de suite ? dit Pernola vivement.

Il rapprocha son siège si près, que le père Preux put lui taper familièrement sur la cuisse en répétant ce mot qui, dans sa bouche, était une caresse :

— Farceur !

Ce fut tout. Il ne plaisait pas au père Preux d'aller plus loin de ce côté.

Il reprit, en changeant de ton brusquement :

— Maintenant, voisin, si le cœur vous en dit, amenez le portefeuille, et nous allons traiter l'opération du jeune premier qui se permet de chasser dans vos réserves. Mise à prix mille écus pour une incapacité de travail de vingt jours au moins.

— Tope ! dit Pernola sans hésiter.

— Et que donneriez-vous pour un règlement définitif ? demanda le Poussah.

Pernola baissa les yeux. Une rougeur épaisse lui couvrait le visage.

— C'est bien tranquille ici, continua le père Preux, mais passé dix heures, la ruelle est aussi déserte que la forêt de Bondy, et de mémoire d'homme, on n'y a jamais vu un sergent de ville. En plus, quoique les mœurs de la cité Donon soient au-dessus de tout éloge, elle contient pas mal de prolétaires qui se procurent difficilement le pain sec de leur dîner. Ça fait de la peine, quand on a le cœur sensible, mais c'est comme ça. Alors donc, s'il arrivait accident à un jeune homme qui court la pretantaine dans les ténèbres, essayant d'escalader la clôture d'une propriété habitée, dame !...

Faites votre prix, interrompit l'Italien.

— Il est fait : mille écus d'avance pour le cas où ça raterait...

— Et ensuite ?

— Pour le cas où ça ne raterait pas ?

Des tressaillements nerveux agitaient la face de Pernola. Le père Preux le regardait avec bonté.

— Je vous aurais cru plus solide, voisin, murmura-t-il. Mais j'ai connu un brave officier de marine qui avait le mal de mer en passant du Havre à Honfleur. Il y a des gens qui ne peuvent pas s'habituer, — et qui vont tout de même. Ensuite ? Eh bien ! Nous compterons.

L'Italien se leva et jeta les trois billets sur la table.

— Nous compterons, répéta-t-il à demi-voix. Quand ?

— Revenez après-demain, répondit le Poussah, car, aujourd'hui, ma journée est finie. Je ne verrai plus personne.

Le vicomte se dirigea vers la porte en disant :

— Je reviendrai dans deux jours.

Un peu après qu'il eut passé le seuil, le père Preux lui cria :

— Fermez la porte, les courants d'air sont mauvais à la brume.

Le soleil inclinait vers l'horizon, mais il faisait grand jour encore. Le père Preux étala les cinq billets devant lui sur la table et se mit à les regarder. Il ne chantonnait plus. Sa pipe s'était éteinte entre ses lèvres. Il oubliait de vider son verre qui était dans sa main, tout plein.

— Quelqu'un qui marcherait sur une vipère pareille, grommela-t-il enfin, je parie trois francs que tous ses péchés lui seraient pardonnés du coup !

Ses yeux s'étaient relevés sur les ombrages magnifiques du parc qui lui faisait vis-à-vis. Il y avait dans sa prunelle un rayon caressant et doux.

— Oui, oui, dit-il encore, on comptera. J'ai mon idée, qui était folle au commencement et qui est devenue sagesse. Pourquoi est-ce que je n'aurais pas, un jour venant, cette maison-là et le pavillon, et les bosquets, et les parterres, et tout ? Il y en a qui s'entêtent d'une jolie jeunesse en la lorgnant par la fenêtre, moi par la fenêtre je suis tombé amoureux de ce beau lopin de terre. C'est moins bête. On peut le garder et se gaudir dedans, on peut le vendre ou y bâtir tout un quartier plus grand que celui de la Bourse... Ah ! c'est certain, nous compterons, voisin ! Tu accepteras, tu refuseras, tu feras tout ce que tu voudras, je m'en moque ; mais, en fin de compte, j'ai trop regardé cet immeuble-là. Il m'a toqué, je le veux, je l'aurai ! Un prix de mémoire, quoi !

Au loin, dans une des allées qui allaient serpentant parmi les gazons du parc, deux femmes se montrèrent : une raide silhouette de gouvernante et la forme gracieuse d'une jeune fille. En même temps, une fenêtre s'ouvrit à la façade du pavillon dont une moitié se montrait entre les arbres.

Le Poussah arma une lorgnette et la braqua juste à temps pour distinguer l'adorable profil perdu de la princesse Charlotte d'Aleix, au moment où disparaissaient les deux femmes derrière le coude de la route. Il braqua sa longue-vue sur la fenêtre du pavillon. Personne ne s'y montrait.

— Parbleu ! parbleu ! grommela-t-il, c'est la bouteille au noir. Il y a là plus de devine-devinailles qu'il n'en faudrait pour acheter le quart de Paris et tout Pantin par-dessus le marché ! Je me donne ma parole sacrée que je fumerai ma pipe avant de mourir dans un grand fauteuil à bascule sous les magnolias qui sont là-bas devant le perron. C'est arrangé. Et une jolie petite Mme Preux avec ça ! Bois une gorgée, gros chérubin de millionnaire ! à la santé de ta mémoire !

Il prit son verre ; mais il ne porta pas jusqu'à ses lèvres. Un bruit de pas se faisait dans l'escalier. On frappa. Le Poussah déposa sa chope sans rien dire.

On frappa plus fort. Tonneau gronda.

— Je vous entends bien souffler et ronfler, papa Preux, dit une voix sur le carré. C'est moi, le n° 5, ouvrez !

— Je n'y suis pas et vas-t'en au diable ! repartit cette fois le Poussah.

L'autre se mit à ricaner derrière la porte. En même temps, le père Preux se ravisait pensant :

— Tiens, tiens ! l'affaire du jeune premier qui passe par-dessus le mur...

— Est-ce toi, mons Fiquet ? demanda-t-il tout haut en faisant disparaître les billets de banque.

— Oui, c'est moi, répliqua-t-on ; mais ne faites pas le méchant et tirez le cordon, papa, ça ne plaisante pas : je viens de la part du n° 1 !

IV

TONNEAU

Ces mots « tirez le cordon » n'étaient pas une figure de rhétorique. Un fil de fer terminé par un bâtonnet tombait du plafond entre le père Preux et sa cruche. Comme il se remuait avec une extrême difficulté et qu'il n'avait pas de domestique, il ouvrait lui-même sa porte selon le procédé des concierges.

Il tira le cordon dès que le nouveau venu eut prononcé ces paroles : « De la part du n° 1. » Et aussitôt que le cordon fut tiré, un mouvement se fit dans un coin de la chambre, d'où sortit paresseusement Tonneau, le chien le plus gras de l'univers. Ses pattes avaient des mollets.

Il vint se planter comme une formidable barrière au-devant du seuil. Il n'aboya pas mais sa gorge rendit le propre grognement asthmatique du Poussah et il montra toute la rangée de ses dents.

— A bas, Tonneau, dit le nouvel arrivant. Est-ce que tu ne reconnais pas les amis ?

Tonneau ferma sa gueule, remua sa queue et regagna son coin entre le lit et une caisse de fer du plus robuste modèle, encastrée solidement dans la muraille.

— Fiquet, ma vieille, dit le gros homme, je ne t'ouvrais pas, parce que j'avais idée que tu venais m'emprunter de l'argent.

Fiquet était un grand maigre, chevelu et barbu, habillé à la mode avec mauvais goût, pouvant passer pour un élégant dans de certains milieux ambigus : saveur de l'artiste interlope et du sportmann véreux, type fatigué du Parisien qui a tout vu et tout subi : malpropre chose.

Il prit la chaise de Pernola à côté du fautéuil de papa Preux et tendit la main en disant :

— Va bien, Crésus ? payez-vous un verre de bière ?

Le Poussah appartenait à la catégorie des vainqueurs qui tutoient tout le monde, mais que tout le monde ne tutoie pas.

— Non, répondit-il. Est-ce que le n° 1 est sorti de prison ?

— Pas encore, mais...

— Je savais que tu mentais, ma vieille. Tu ne viens pas de sa part. Combien veux-tu d'argent ?

— Une centaine de francs...

— J'ai vingt sous à ta disposition, pourvu que tu détales comme un cerf avec parole sacrée de ne pas revenir.

Il prit dans son gousset un franc qu'il mit sur le coin de la table.

— Quand le diable y serait, papa, s'écria Fiquet en rougissant de colère, vous êtes le banquier de l'association.

Le Poussah souffla comme un phoque qui vient de plonger.

— Quelle association ? demanda-t-il avec mépris. Il n'y a plus que toi dans les rangs, failli soldat ! Ça prouve que tu étais le meilleur des Cinq : Juge des autres !

— Mais vous ne savez donc pas, père Preux ! Nous avons trois nouveaux et des rudes !

— Qu'est-ce que ça me fait ?

— Des gaillards tout à fait soignés !

— Je prête sur gages. As-tu ta montre ?

— Pas plus tard que demain, nous avons une affaire sûre et superbe...

— Alors, reviens après-demain.

Fiquet essaya de sourire.

— Voyons, papa, dit-il, vous ne pouvez me laisser dans l'embarras. Je paierai dix pour quarante-huit heures, ça fait dix-huit cent pour cent pour l'an, c'est mignon !

Le Poussah reprit ses vingt sous.

— Disparais ! fit-il, tu m'assommes !

Fiquet prit un air suppliant pour dire :

— Vous savez, Magenta, celle qui a donné son nom au boulevard ? Elle pend la crémaillère et si l'on ne me voit pas là, je suis rasé ! On tombe à plat dès qu'on ne va plus dans le monde. Faites-moi cinquante francs !

Tonneau ! appela le Poussah.

Fiquet se leva précipitamment, mais quand il se retourna, la rangée de dents du gros chien apparaissait déjà derrière lui dans le sombre. Le Poussah se mit à rire.

— Attends, Tonneau, dit-il, pas encore... toi, ajouta-t-il en s'adressant à Fiquet, tu n'es pas le n° 5, tu es le numéro zéro ! Comment ! tu as besoin d'une demi-douzaine de louis et tu ne sais pas où les prendre dans Paris !... Va-t-en, Tonneau, on te fera signe.

Le chien obéit. Le père Preux reprit après avoir humé une chope :

— Vois ça, imbécile. Veux-tu faire une affaire ? Il y en a partout, même ici : regarde !

Son doigt gonflé montrait par la fenêtre ouverte la partie du mur de clôture qui rejoignait le saut de loup du parc de Sampierre. La nuit tombait rapidement.

— Je ne vois rien, dit Fiquet.

— C'est qu'il n'y a rien encore. Et tant que mes locataires resteront à flâner sur la place, il n'y aura rien. Mais, dans une heure, tous ceux qui grouillent dans le terrain ici près seront à dodo. Comment trouves-tu la muraille vis-à-vis ? Solide, pas vrai ? et de bonne hauteur ? Eh bien ! il y a quelqu'un qui entre dans le parc tous les soirs.

— Un voleur ?

— Un idiot. J'ai eu vingt ans, moi aussi, pendant trois cent soixante-cinq jours, tout juste, mais je n'ai jamais été comme ça. Il risque de se casser le cou, d'abord, et puis de se faire prendre comme malfaiteur, sais-tu pourquoi ? Pour voir un coin de sa prunelle, comme l'Andalouse au teint bruni. C'est un amoureux... au XIXᵉ siècle !

— Après ? demanda Fiquet. Les petits bêtas de cette étoffe-là n'ont pas la banque de France dans leur poche.

— Il a sa montre, j'ai vu la chaîne. Je te flanque deux cents francs sur les deux objets.

— Aller demander la bourse ou la vie... commença Fiquet.

— On ne demande rien, coupa le gros homme, c'est le vieux style, ça ! Voilà une esquisse de l'opération : ici, à vingt-cinq pas, juste derrière le coin, il y a deux ou trois pieds de mur, j'entends en largeur, et six ou sept en hauteur qui ont craqué. Le maître maçon est venu voir aujourd'hui pour replâtrer, on gâchera demain, mais d'ici, à demain, ça peut servir. C'est fait comme une guérite : au-dessous, le saut de loup ; à gauche, la ruelle ; à droite, la ferraille qui défend la murette. Quand l'idiot a tourné le coin, il prend à deux mains la ferraille pour franchir la murette, et dans ce moment-là, tu conçois, s'il y avait un couteau dans la guérite, la poitrine du gandin serait à six pouces du couteau. Et pas de parade possible ! Et on n'aurait plus qu'à ramasser la montre au fond du fossé.

Tout ceci fut scandé par tranches de trois mots que ponctuait un souffle de chaudière à vapeur. Il n'y avait pas une ombre d'émotion dans le regard ni dans l'accent du Poussah.

Fiquet avait les sourcils froncés et semblait réfléchir.

— Qu'est-ce qu'il vous a fait, ce petit-là, papa ? demanda-t-il brusquement.

— Rien.

— Qu'est-ce qu'on vous donne pour faire la fin de lui ?

— Néant.

— Alors, pourquoi lui envoyez-vous un coup de couteau ?

Le Poussah se mit à rire.

— Je suis un peu trop dodu, c'est vrai, dit-il, pendant que sa terrible gaité secouait cent vingt-cinq kilogrammes de chair, le fauteuil et la table, mais je ne compte encore que quarante-huit printemps. Ce n'est pas l'âge de renoncer à plaire. La princesse du parc m'a peut-être donné dans l'œil... Mais ne plaisantons pas ; la gaîté a le don de m'étouffer. Je t'ai dit ça, parce qu'il n'y a pas de danger que tu mordes, fanfan ! tu es poltron comme les poules et tu n'attaquerais pas un lapin !

— Eh bien ! sacrebleu ! s'écria Fiquet, c'est ce qui vous trompe, je prends affaire ! Amenez les dix louis et je vous apporte le gage, aussi vrai que nous sommes deux amis !

— Tonneau ! appela le père Preux, sincèrement indigné cette fois, voilà une racaille qui demande du crédit !... hors d'ici, propre à rien !

Fiquet ne fit qu'un saut jusqu'au seuil et referma la porte sur le gros chien qui ronflait avec fureur. Il dit à travers les planches :

— Ça tient-il, si j'ai la timbale ?

— Ça tient, et vingt louis si tu apportes la lune dans un seau d'eau ! comptant !

Les pas de Fiquet descendirent l'escalier, puis

sonnèrent dans la ruelle, il se dirigeait vers la rue de Babylone.

Le Poussah, resté seul, but deux chopes coup sur coup et ralluma sa pipe.

— Hé ! Tonneau ! gronda-t-il en faisant un effort pour se croiser les mains sur son ventre, as-tu confiance dans cet oiseau-là, toi ? moi pas. Mais c'est égal, dis donc ! s'il allait nous bâcler pour mille écus de besogne... ou même nous gagner d'un coup le gros lot ?

A l'aide d'un travail adroit et compliqué, il parvint à rapprocher son fauteuil de la croisée. La nuit était tombée tout à fait. Le bruit allait diminuant sur la place, et, par intervalles, on voyait une famille regagner son taudis.

Les grands arbres du parc de Sampierre se détachaient en noir sur le ciel gris. Le sable des allées dessinait des méandres qui allaient se perdre au loin dans le sombre. A travers les massifs, on voyait briller les lumières de l'hôtel, et, plus près, on pouvait apercevoir une lueur unique et voilée au pignon du pavillon.

— Ce comte Pérnola, dit encore le père Preux, est un gentil monsieur, un homme comme il faut. Il a odeur d'argent, eh ! Tonneau ? Il a été du temps avant de se déboutonner, et puis, il a lâché toutes ses agrafes d'un coup, moi j'aime ça. Et toi ? Est-ce que tu croyais que ce voisin-là était un agneau ? Bourrique ! moi je le connaissais déjà du temps de ton grand papa. Vois-tu, les allées de ce beau grand jardin, on pourrait les sabler de louis, si on vidait la caisse des Sampierre. Et la petite princesse est rudement agréable. Pas si bête, l'idiot qui saute par dessus le mur !...

Une ombre traversa la grande allée qui aboutissait au saut de loup, juste en face de la fenêtre. Il fallait en vérité de bons yeux pour la distinguer de si loin, mais le Poussah avait de très bons yeux. C'était une femme vêtue de couleur sombre. Elle se dirigeait vers le pavillon, c'est-à-dire en sens contraire de la partie du saut de loup que le gros homme avait désignée à Fiquet comme propice à une embuscade.

L'ombre ne fit que passer et disparut dans les massifs. Le père Preux pensa :

— Elle a lâché sa gouvernante ! Pourquoi ?

L'horloge du couvent des Dames du Sacré-Cœur sonna dix heures à l'autre bout de la ruelle. La place était désormais déserte et silencieuse. Vous n'eussiez pas trouvé une seule chandelle allumée dans toute la cité Donon, car le père Preux lui-même n'avait garde d'éclairer son poste d'observation.

L'aigre sonnerie du couvent vibrait encore, quand un pas lent et comme hésitant se fit entendre dans la ruelle, venant de la rue de Babylone. Le père Preux se pencha et vit passer un homme en costume d'ouvrier qui allait tête baissée.

— Joseph Chaix ! mumura-t-il. Le gendre de la Tartare. L'aveugle et sa famille ne pourriront pas chez moi, puisqu'ils gênent mon bijou de voisin !

L'ouvrier dépassa la place et se dirigea vers les masures qui étaient au delà. — Puis il s'arrêta. — Puis il revint sur ses pas et s'arrêta encore, — puis, enfin, il étreignit son front à deux mains, et descendit dans le saut de loup.

Le Poussah ne l'avait pas perdu de vue. Il enfla ses grosses joues.

— Tonnerre ! murmura-t-il, est-ce que celui-là aurait l'idée de payer son terme à la papa ?

Au même instant, un autre pas se fit entendre dans la ruelle.

— Pour le coup, c'est Fiquet ! s'écria le Poussah avec un étonnement goguenard. Entends-tu, Tonneau ! Il n'y a plus de poules mouillées ! Voilà Fiquet qui fait en avant deux !

Fiquet atteignit sans bruit aucun l'endroit qu'on lui avait désigné. Il regarda tout autour de lui d'un air craintif et disparut derrière l'angle du mur.

Un troisième pas léger, celui-là, presque bondissant, arrivait déjà de la rue de Babylone.

— Ma parole ! fit le Poussah ! je n'aurais jamais cru que ça mordrait !... Mais ça mord !

Le troisième venant tourna la murette.

L'instant d'après, il y eut un cri, un juron et une plainte : trois voix différentes.

Le Poussah avait déjà fermé la fenêtre avec précaution et roulé vers son lit, en disant :

— Il est temps de se coucher, Tonneau. Tu n'as rien vu, pas vrai ? ni moi non plus. Est-ce que tout ça nous regarde, ma fille ?

V

LE SAUT DE LOUP

Le troisième arrivant était un tout jeune homme, tournure d'étudiant, apparence leste et vigoureuse à la fois, casquette de voyage sur les yeux, plaid écossais, quadrillé de noir et de gris, jeté par-dessus sa jaquette.

Il avait traversé la ruelle et tourné tout d'un temps l'angle du mur.

Evidemment, il savait son chemin.

A cet instant, ce gros Pilate de père Preux s'était déjà lavé les mains de l'aventure et faisait gémir son lit sous le poids de son énorme corpulence.

Les choses se passèrent d'abord exactement comme il l'avait réglé lui-même. Le « jeune premier », qui était peut-être un étudiant, mais qui était sûrement un étranger mit son pied sur la marge étroite séparant le mur du fossé et, prenant un élan, saisit de ses deux mains les défenses de fer, rivées au sommet de la murette.

Dans cette position, sa poitrine sans défense frôlait le trou que le Poussah comparait à une guérite.

Fiquet frappa du mieux qu'il pût, tout près de la chaine d'or qui brillait dans la nuit.

Le cri appartenait au jeune homme.

Mais le juron était à Fiquet, qui fut saisi à la gorge, ramené en avant, puis lancé au fond de la guérite avec une si puissante vigueur qu'il s'affaissa sur place, privé de sentiment.

Reste la plainte. Elle avait été arrachée à Joseph Chaix, l'ouvrier, gendre de la Tartare.

Notre jeune étranger, pendant qu'il payait sa dette à Fiquet de la main droite, se tenait accroché au fer de la murette à la force de sa main gauche. L'exécution faite, il lâcha prise et tomba au fond du saut de loup, sur ses pieds.

Un homme se dressa près de lui, et d'une voix qu'il voulait rendre menaçante, mais qui chevrotait de peur ou de douleur, l'homme lui dit :

— Il me faut soixante francs, bourgeois !

Quelque chose était dans sa main qui ressemblait à un pistolet.

Notre jeune homme avait le sang-froid solide, car tout étourdi qu'il était par sa blessure et par sa chute, il empoigna la main qui tenait l'arme, et leva son autre main sur l'assassin qui se prosterna en gémissant ces mots :

— Tuez-moi, ce sera bien fait !

— Coquin ! dit le jeune homme, tu étais avec l'autre !

— Tuez-moi ! répéta Joseph Chaix. Je souffre trop à les voir souffrir ! Je l'ai mérité : tuez-moi !

Sa tête se pencha sur son épaule. Le jeune homme le lâcha.

Joseph n'essaya ni de se relever, ni de fuir.

En ce moment, dans la ruelle Donon, de l'autre côté de la place, une lueur apparut à la fenêtre de la seconde masure, dont la porte venait de s'ouvrir et de se refermer pour donner passage à une jeune femme vêtue de noir.

C'était le logis de cette grande femme aveugle qu'on appelait la Tartare et que le père Preux comptait expulser le lendemain avec sa fille malade et son gendre Joseph Chaix. Un large écriteau, « brossé à la découpure » et collé sur la muraile disait déjà depuis huit jours : *Pavillon à louer.*

La lumière était dans la pièce d'entrée, éclairant l'aveugle debout et la jeune visiteuse, assise sur sa chaise de paille. Un rayon pénétrant dans la seconde chambre à travers la porte ouverte, montrait un pauvre lit où dormait cette enfant si pâle qui était la femme de Joseph Chaix.

Tout ici était pauvre jusqu'à la nudité, mais propre et fier. Et je ne sais pourquoi cette atmosphère de fierté ajoutait à la morne tristesse du lieu.

La richesse a une saveur à soi, comme la beauté qui se devine derrière le voile ou même sous le masque. La visiteuse était riche sous sa toilette sombre et d'une extrême simplicité. Elle était surtout jolie à ravir avec ses grands yeux d'un bleu presque noir qui peignaient la bonté, l'intelligence et la vaillance.

Ce fut elle qui parla la première.

— Pourquoi ne m'avez-vous pas fait savoir que vous aviez besoin de moi, bonne mère ? demanda-t-elle avec reproche.

— Parce que vous ne me devez rien, Charlotte d'Aleix, répondit l'aveugle. Je vous remercie d'être venue dans ma maison — car c'est ma maison encore pour une nuit.

— Ce sera votre maison tant que vous voudrez, ma bonne. Vous venez du pays d'Orient où étaient mes aïeux, et j'ai pour votre fille Hélène une véritable affection.

— Eliane mérite d'être aimée, répondit l'aveugle en donnant au nom de sa fille la forme roumane. Elle n'est ni dure ni triste comme moi. Vous, pourquoi ne seriez-vous pas bonne? Vous êtes heureuse.

— Heureuse ! répéta la jeune fille.

Les yeux de l'aveugle s'ouvrirent comme si, n'ayant plus la faculté de voir, ils pouvaient entendre. Elle dit après un silence :

— Maîtresse Michela, votre mère avait un grand cœur !

— Ecoutez, dit Charlotte, je suis obligée de me cacher pour venir chez vous, et nous sommes à Paris où il y a toujours danger pour une jeune fille à se cacher. J'ai eu jusqu'ici toutes les peines du monde à vous faire accepter quelques faibles marques de mon intérêt, et vous m'avez arraché la promesse de ne jamais parler de vous devant ma cousine de Sampierre. Répondez-moi avec franchise : il se peut qu'à mon tour j'aie besoin de vous ou tout au moins de l'un des vôtres : Avez-vous des motifs de craindre ou de haïr la marquise Domenica ?

Sur les joues bronzées de l'aveugle, un peu de rouge était venu. Elle hésita avant de répliquer.

— Celles qui vivent dans la nuit, dit-elle enfin, toient mieux le passé. Je me souviens du soleil. J'ai été une jeune fille rieuse, une femme heureuse, une mère orgueilleuse. Et puis, j'ai tant pleuré que la lumière de mes yeux s'est éteinte dans mes larmes. Je vois mes belles années, et le sourire de la Paléologue passe devant moi comme un rayon... Elle était si fort au-dessus de moi que l'envie ne m'était pas permise. Je né la crains ni ne la hais. Mais le hasard a creusé un abîme entre sa richesse et ma misère. Qu'elle vive où elle est ; où je suis, je meurs.

— Et si elle avait besoin de votre aide ?... commença la jeune fille.

L'aveugle lui coupa la parole, et dit en faisant un pas en avant :

— Est-ce pour l'enfant ? Est-ce pour le jeune comte Domenico ?

Charlotte d'Aleix resta muette de surprise. L'aveugle continua en se parlant à elle-même :

— L'enfant est mort, l'imposture survit...

Puis d'une voix brisée :

— Qu'elle prenne garde! ce fut une idée inspirée par Satan! Les signes peuvent tromper. Ah! les coupables ont été cruellement punis!

Elle courba la tête. Ses lèvres continuaient à s'agiter comme si elle eût prononcé au dedans d'elle-même des paroles qu'on n'entendait plus. Charlotte d'Aleix le regardait avidement, mais, sur ce visage, où les yeux avaient perdu leur langage, rien ne parlait.

— Vous savez des choses que vous ne voulez pas

me dire l reprit Charlotte. La richesse peut recouvrir et cacher bien des souffrances... Connaissiez-vous aussi M. le marquis de Sampierre, autrefois !

L'aveugle ne répondit pas.

— Et le comte Giambattista Pernola ? poursuivit Charlotte, le connaissez-vous ?

— Qu'importe ? fit l'aveugle. Je ne peux rien, puisque je ne vois rien.

— Vous avez votre fils... voulut dire Mlle d'Aleix.

L'aveugle, à ce dernier mot, se redressa comme si un ressort eût développé tout à coup sa grande taille. Ses sourcils s'étaient froncés violemment.

— Qui a dit cela ! s'écria-t-elle en proie à une colère soudaine : Un fils ! Qui a dit que j'avais un fils ! Je n'ai pas de fils ! Je jure que je n'ai pas de fils !

— Je parlais du mari de votre fille, répliqua Charlotte doucement. Je ne sais pas si Eliane a changé, mais, avant mon départ, elle m'aimait bien...

— Charlotte, dit une douce voix dans la chambre voisine, est-ce vous, princesse ? Dieu nous a-t-il rendu notre bon ange ?

La colère de l'aveugle tomba comme elle était venue : d'un seul coup. Elle prit la main de Mme d'Aleix et la porta jusqu'à ses lèvres en murmurant :

— Maîtresse, ma tête est faible. Ne dites rien à ma pauvre petite... Et croyez-moi, c'est bien vrai, non ! je n'ai pas de fils.

Au fond du saut de loup, pendant cela, la scène si violemment commencée, tournait d'une façon inattendue.

Notre beau gars au pied gris, qu'il fut voyageur ou étudiant, restait tout étonné de sa seconde et trop facile victoire.

— Caramba ! dit-il tout haut comme jurent les héros de Gustave Aynard, les sauvages de Paris ne ressemblent guère à ceux d'Amérique. Ils n'ont pas la vie dure ! Est-ce que j'ai tué celui-ci rien qu'en lui montrant le poing ! Le pauvre diable n'à même pas fait usage de son revolver !

En vérité, le mot du père Preux le désignait très bien. C'était un « jeune-premier » charmant et brillant, d'autant mieux qu'il n'avait aucun des ridicules traditionnels de l'emploi. Il ressentait une douleur aiguë à la poitrine, ce qui ne l'empêcha pas de se pencher au-dessus de son adversaire inanimé en pensant :

— Arrachons les crocs de la bête à tout hasard !

Les crocs, c'était le pistolet. Notre inconnu le prit dans la main de Joseph Chaix et se mit a rire de bon cœur.

— Un porte-pipe de deux sous ! fit-il. Est-ce que le couteau de l'autre était en carton aussi !

A cette question, un élancement de sa blessure répondit en un langage péremptoire.

— Où diable laver cette égratignure-là ? se demanda-t-il. Bonhomme, on ne veut pas vous faire de mal, vous savez ? Si c'est la peur qui vous tient, ne vous gênez pas, relevez-vous.

Il s'était incliné de nouveau. Joseph Chaix se souleva sur le coude. La lune, glissant entre deux nuages, éclaira son visage maigre et défait.

— Je n'ai pas peur, balbutia-t-il, j'ai honte.

— Et par-dessus le marché, vous êtes malade, mon camarade, ça se voit !

— Je ne suis pas malade, dit encore Joseph, j'ai faim.

Notre jeune-premier le releva dans ses bras.

— Et tu voulais faire un souper de soixante francs. l'ami ! s'écria-t-il. Bonne idée ? alors, je t'invite !

Derrière la légèreté de ses paroles, l'émotion faisait trembler sa voix.

— C'est que c'est vrai ! reprit-il en examinant Joseph, tu as faim, je m'y connais. Bois une gorgée, pas plus d'une !

Et pendant que Joseph buvait à son flacon une gorgée, — rien qu'une, — notre jeune homme continuait :

— J'ai eu faim, moi aussi, plutôt dix fois qu'une, mais c'était dans le désert. Comment peut-on avoir faim à Paris, où il y a tant de boulangers !

— Il fallait soixante-dix francs pour les deux termes, répondit Joseph d'une voix éteinte. A force de jeûner, j'ai économisé dix francs, mais celles qui sont à la maison n'ont jamais manqué de pain.

Avant qu'il eût achevé, trois louis tombaient dans sa main. Il voulut remercier, l'autre lui ferma la bouche sans façon.

— Mènes-moi chez toi, dit-il d'une voix qui semblait faiblir un peu. Mais minute ! demeures-tu loin ? C'est essentiel à savoir.

— Je demeure à dix pas.

— Parfait!... je suis un peu faible, moi aussi, mais l'eau-de-vie ne vaut rien pour mon cas. Voyons vais-je arriver au bout de cette rampe ?

Il mesurait la montée avec inquiétude.

— Il y a un chemin à l'autre bout, dit Joseph.

— Partons !... mais si l'ami au couteau avait faim aussi ! Ce Paris est si drôle ! Oh ! hé ! l'homme !

Il attendit un instant. Rien ne bougea dans la guérite. Notre jeune-premier appuya sa main sur sa poitrine et dit !

— Maintenant, dépêchons, car mon sang coule jusque dans mes bottes !

— Votre sang ! s'écria Joseph, qui le prit dans ses bras. Vous êtes donc blessé !

— Tu ne le savais pas ? Allons ! Je te crois. Tant mieux ! Marche, garçon, et appuies-moi ferme !

VI

DANS LA MASURE

Les trois femmes étaient maintenant réunies dans la pièce du fond d'où la jeune malade avait parlé. L'aveugle se tenait un peu à l'écart, Mme d'Aleix disait en pressant les mains de Charlotte ;

— Si c'était vrai ! si vous pouviez avoir besoin de mon pauvre Joseph ! mais il y a si longtemps que vous ne l'avez vu, vous allez le trouver bien changé. Depuis cette semaine, on dirait que la maladie le prend aussi. Le malheur est chez nous, princesse.

Charlotte se pencha pour la baiser au front et murmura tout contre son oreille :

— Chez nous, le bonheur ment !

Eliane la regarda dans les yeux. Elles étaient du même âge et belles toutes les deux, mais il y avait entre elles un contraste absolu. Charlotte d'Aleix avait la beauté de celles qui protègent ; la grâce en elle n'excluait point la force ; chacun de ses mouvements décelait l'harmonie exquise et puissante de la jeunesse. Son regard vivait, son port commandait. La délicieuse douceur de sa prunelle tombait de haut.

Eliane était la pauvre fleur dont la tige trop frêle s'incline hors du bouquet et pend au bord du vase. Sa mère, qui était là triste et raide comme un bronze, ne lui avait rien donné de ses vigueurs — mais qui sait ce que peut une goutte de rosée pour la fleur mourante ? un rayon de joie pour les cœurs flétris ?

— Mon Joseph devrait déjà être de retour, dit-elle tout haut, mais quelquefois il travaille bien loin d'ici.

Elle ajouta en baissant la voix :

— Chère ! chère princesse, moi qui croyais que vous nous trompiez ! Je me disais : elle fait semblant d'avoir besoin de Joseph pour ne pas humilier ce qui nous reste de fierté...

Charlotte mit un doigt sur sa bouche et reprit à haute voix :

— Mais pourquoi ne pas m'avoir écrit depuis le printemps ?

— Nous ne savions pas en quel pays de fête vous dansiez, répondit l'aveugle sèchement.

— Oh ! mère ! fit Eliane.

— Et pourquoi, depuis quatre jours que nous sommes ici ?... commença M᷉ᵉ d'Aleix sans témoigner aucune colère.

— Oh ! nous savions votre arrivée, dit encore l'aveugle. Le piano, les violons, les rires : tout cela, c'est la voix de Domenica Paléologue, et nous l'avions entendue. Du bon côté de votre grand mur, ces choses réjouissent ; de ce côté-ci, elles font mal.

Charlotte s'était levée vivement.

— Mère ! dit Éliane, qui se dressa sur son séant avec une énergie inattendue : vous avez offensé votre bienfaitrice !

— Si j'ai péché, qu'on me pardonne, répondit aussitôt la Tartare, qui fit un pas en avant et fléchit le genou sans que son visage perdit rien de sa dure impassibilité. J'ai été esclave et je sais comment on s'humilie.

— Que faites-vous ! s'écria Mme d'Aleix, vous ne m'avez pas offensée. Je me retirais parce que mon absence a duré trop longtemps déjà. Il y a des yeux ouverts sur moi. Au revoir.

Elle releva l'aveugle, qui murmura en passant la main sur son front :

— Il y a là un cruel chaos ! ma fille, ne juge pas ta mère !

En donnant un baiser à Éliane, Charlotte lui dit tout bas :

— Les ouvriers parisiens n'aiment pas à devenir domestiques ; Joseph, près de moi, ne sera pas un valet.

Sa main, qui tenait une bourse, se glissa sous l'oreiller et en ressortit vide. Puis elle se dirigea vers la porte.

Mais, comme elle allait franchir le seuil de la porte d'entrée, elle recula. Des pas se faisaient entendre au dehors.

— C'est mon Joseph, dit Éliane joyeusement.

— Ils sont deux ! répondit Mme d'Aleix, qui ferma la porte de communication.

Celle de la rue s'ouvrit. Joseph et son compagnon entrèrent.

Le flambeau, allumé lors de l'arrivée de Charlotte, était toujours sur la table, dans la première pièce. Dès que la porte de communication fut close, il fit nuit dans la chambre de la malade. Les trois femmes étaient donc invisibles, tandis que les planches de sapin mal jointes laissaient pénétrer leurs regards dans l'autre pièce.

En entrant, Joseph semblait aussi défait que le blessé et bien plus ému.

— Elles dorment, dit-il, je vais les éveiller.

— Attendez un peu, fit notre jeune inconnu, dont les traits pâlis souriaient encore, nous en avons vu bien d'autres !

Il se laissa aller sur une chaise avec un soupir de soulagement.

C'était, on le voyait mieux maintenant, une physionomie originale ; tête intelligente et belle qui peignait gaîment la bonté, la noblesse, l'intrépidité ; corps souple où l'élégance le disputait à la force. Ses cheveux châtains, bouclés, mais courts, s'échappaient crânement de sa petite casquette écossaise. Il avait le regard doux, clair et presque imposant à force de franchise. Sa taille, qui était haute pourtant, semblait à peine dépasser la stature commune, à cause de ses heureuses proportions.

Au son de sa voix et dès le premier mot qu'il avait prononcé, l'aveugle avait fait un mouvement vers la porte. Depuis lors, elle restait immobile, la tête penchée en avant et retenant son souffle.

Il reprit :

— Je me sens mieux, ami Joseph, ce ne sera rien, j'espère, mais quand tu vas décoller ma chemise, les choses vont peut-être changer. J'ai l'expérience de ces sortes d'histoires. Réglons nos comptes auparavant. Prends d'abord mon portefeuille, dans ma poche, car le moins que je bougerai sera le mieux.

Jusqu'alors, aucune trace du coup de couteau lancé par Fiquet n'apparraissait, mais quand Joseph, pour prendre le portefeuille, eût écarté le plaid, une large tache rouge se montra au côté gauche de l'estomac.

Joseph poussa un cri. Cela semblait marquer juste la place du cœur.

A ce cri, Charlotte se rapprocha aussi de la porte. Dès qu'elle eût regardé, elle chancela et s'accrocha au bras de l'aveugle pour ne pas tomber à la renverse.

Ah ! fit celle-ci, vous le connaissez, maîtresse !

Et ses yeux sans regard se tournèrent vers la jeune fille comme si elle eût pu la voir. Charlotte ne répondit pas.

Le blessé parlait de nouveau.

— Quand je vous ai donné ces trois louis tout à l'heure, mon camarade, dit-il, c'était une aumône. Je ne vous connaissais pas encore. Je viens d'un pays où il faut regarder net et juger vite. En chemin, depuis le fossé jusqu'ici, je vous ai jugé, je sais mieux que vous ce qu'il y a dans votre pauvre tête, affaiblie par la souffrance, et dans votre digne cœur. Là-bas, en Amérique, je vous aurais donné la moitié

de ma poudre et une poignée de balles,
guerre se fait avec de l'argent, voici de
Prenez.

Il y avait derrière sa chaise un petit buffet en bois
blanc.

Ce fut peut-être pour y prendre le linge de pansement prochain que Joseph l'ouvrit, mais il vit sur
la première planche un chanteau de pain et il s'en
saisit avec une bestialité avidité.

Le blessé qui lui tendait un billet de banque enten-
dit le bruit de ses mâchoires et eut un bon rire.

— Bravo ! fit-il, Ah ! décidément, il n'y a pas si
loin qu'on le pense de Paris au désert ! Et plus d'une
fois capitaine Blunt a souffert la soif quand sa gourde
n'était pas encore vide, pour me garder les der-
nières gouttes. Capitaine Blunt, c'est mon père. Je
vois qu'on s'aime bien ici, aussi. Prenez donc !

— Mille francs ! s'écria Joseph la bouche pleine.
C'est trop ! Je ne veux pas tant que cela !

— Mille francs ! répéta l'aveugle comme un murmurant écho. Pourquoi votre main tremble-t-elle si
fort, maîtresse Charlotte ?

Elle ajouta en elle-même :

— Cette brave voix me parle d'un temps qui n'est
plus. Est-ce un souvenir ou un rêve ?

— Ne discutons pas, reprit le blessé, qui chancela sur son siège, quoique le sourire restât autour
de ses lèvres. L'air froid a touché ma piqûre
et je sais où elle est maintenant. Tout dépend de
la profondeur. Je vois danser la lumière... dépêchons !

Joseph jeta son pain pour le soutenir.

— Je m'appelle Edouard, continua le blessé qui luttait contre la faiblesse avec une sorte d'enfantillage fanfaron. Je parie que j'aurai le temps de tout dire : Edouard Blunt, chez capitaine Blunt, 7, chaussée des Minimes. Répétez cela.

Joseph obéit, puis il dit :

— Comment faire ? ma femme est malade, ma mère est aveugle...

— Ce n'est ni votre mère, ni votre femme, c'est un médecin qu'il faut, interrompit Edouard, et un bon !

— Puis-je vous abandonner en ce moment !

— Non, restez. Vous irez quand j'aurai tout dit...

— Où allez-vous, maîtresse Carlotta ? demanda en ce moment l'aveugle.

Mlle d'Aleix, aux derniers mots du blessé, avait fait un mouvement vers la porte. L'aveugle la retint et dit :

— Restez auprès d'Éliane, j'y vois aussi bien la nuit que le jour, moi, et le comte Pernola ne me suis pas comme une ombre. Je vais y aller.

Charlotte lui serra la main. L'aveugle gagna la fenêtre d'un pas ferme et ajouta en franchissant l'appui :

— Dans cinq minutes, le médecin sera ici.

— Qui donc est avec Joseph ? demanda, en ce moment, la voix d'Éliane, et que se passe-t-il chez nous ?

Edouard, le blessé, continuait dans l'autre chambre :

— C'est à cette adresse que je dois être transporté, si je perds connaissance.

Il ouvrit le portefeuille et son doigt toucha la première page.

— Voici une autre adresse, dit-il à Ville-d'Avray. Le nom de la personne manque. Elle s'appelle M⁰ᵉ Marion. En cas de malheur, vous iriez la trouver et vous lui diriez... Ma foi, vous lui diriez qu'il m'est impossible de dîner avec elle demain, voilà !

Sa voix faiblissait et il semblait chercher péniblement ses paroles.

— Ne me parlez plus ! supplia Joseph.

— Je ne parlerai plus longtemps, en effet. Voici une lettre sans suscription. Ecoutez bien, c'est le principal. M'aviez-vous rencontré déjà à l'endroit où je suis tombé, ce soir ?

— Oui, répondit Joseph tout bas.

— Alors, vous devinez à qui la lettre est destinée. La remettrez-vous ?

— Oui, répondit encore Joseph,

— Merci ! c'est tout. Voilà que je perds plante... bonsoir, les voisins !

Il ferma les yeux. Vous eussiez dit un enfant qui s'endort dans un sourire.

Comme si elle eût attendu cet instant, la princesse Charlotte d'Aleix poussa la porte et s'élança dans la chambre d'entrée. Au même instant, l'aveugle revenait, disant :

— Le médecin est sur mes pas.

Joseph les regarda tour à tour, il avait la tête

perdue. Charlotte lui saisit le bras avec la force d'un homme.

— Est-ce Pernola qui a frappé? demanda-t-elle entre ses dents serrées.

Joseph balbutia :

— Je ne sais pas. Je n'ai rien vu.

L'aveugle trouva en tâtonnant la chaise où était Edouard.

Elle passa rapidement la main sur les traits du jeune homme et un grand soupir souleva sa poitrine.

Elle se mit à l'écart, parce que le médecin entrait.

Princesse Charlotte avait rabattu son voile et s'était réfugiée de nouveau au chevet d'Eliane. Celle-ci demanda :

— Mais qu'y a-t-il donc, au nom du ciel !

— Peut-être que Dieu nous a envoyé un terrible malheur ! répondit Mlle d'Aleix. Prions, Éliane.

Il se fit un silence dans les deux chambres à la fois. Le médecin examinait la blessure.

Charlotte, penchée au-dessus de l'oreiller d'Éliane, murmura :

— Te souviens-tu du comte Roland de Sampierre qui est mort avant ses vingt ans ?

— Oui, c'était un beau jeune homme. On disait qu'il allait être votre mari, princesse.

— Il y a là un beau jeune homme qui n'a pas ses vingt ans. Regarde-le bien quand il va s'éveiller... si Dieu veut qu'il s'éveille !

VII

GALANTUOMO

Auprès du blessé, le silence dura une minute qui sembla longue comme une heure. Eliane écoutait la respiration de Charlotte qui sifflait dans sa gorge.

Au bout de ce temps, la voix du médecin se fit entendre, elle disait :

— Une ligne de plus à gauche, le coup était mortel.

Ces déclarations de médecins sont quelquefois exactes, mais ils en abusent.

Charlotte embrassa Eliane étonnée avec une sorte d'emportement.

— Il s'éveillera ! murmura-t-elle. Souviens-toi de ce que je t'ai dit : Regarde-le... Regarde-le en pensant à celui qui est mort.

— Pourquoi ? demanda Eliane.

Charlotte hésita. Ses yeux étaient mouillés, mais ils souriaient. Elle prononça tout bas :

— Quand tu l'auras regardé, tu me diras si je suis folle !

Elle rabattit son voile et passa le seuil de la chambre d'entrée.

Edouard avait été porté sur le matelas qui servait de lit à Joseph Chaix depuis la maladie de sa femme. On l'avait étendu tout de son long et le docteur avait mis à nu la partie supérieure de son corps.

La beauté juvénile de son visage semblait gagner encore à la mortelle pâleur qui la voilait, offrant un contraste brutal avec la grande tache rouge de sa blessure. Il avait les yeux fermés, comme dans le sommeil, et sa tête s'inclinait sur son épaule.

Un mouvement de pudeur détourna le regard de Charlotte pendant qu'elle traversait la chambre, — mais quand donc l'académie offrira-t-elle un prix de troix mille francs à l'auteur du meilleur mémoire expliquant ce fait à la fois authentique et invraisemblable, à savoir que toutes les filles d'Ève, depuis la plus expérimentée jusqu'a la plus ingénue, ont la faculté de *voir* sans *regarder ?*

Malgré son voile, malgré la position discrète de sa tête, tournée du côté des convenances, malgré ses paupières loyalement baissées, Charlotte vit, car elle s'arrêta court, en dépit d'elle-même.

Quelque chose de plus fort que sa volonté la retourna tout d'une pièce vers le blessé pendant qu'une exclamation étouffée glissait entre ses lèvres.

Elle fit même un pas vers le matelas, et ses beaux yeux interrogèrent avidement la gorge du blessé que le flambeau, tenu par le médecin, mettait en pleine lumière.

Il y avait là une ligne profonde et plus blanche sur la blancheur de la peau.

Le médecin, qui avait remarqué le mouvement

effrayé de la jeune fille, se mit à sourire et dit, prenant sans doute en pitié son ignorance :

— Oh ! madame, ne vous inquiétez pas de cela, c'est une cicatrice fort ancienne et guérie depuis bien longtemps !

L'aveugle tendit le cou comme pour écouter mieux et une nuance terreuse envahit sa joue. Sous son voile, Charlotte d'Aleix était pourpre.

— Monsieur, balbutia-t-elle en saluant le médecin, je vous remercie.

Sa voix tremblait si fort, qu'on eut peine à l'entendre. Le docteur continua en reprenant son pansement :

— Aujourd'hui, l'arme n'a lésé que les chairs. La plaie est belle et sera réduite aisément. Le transport pourra avoir lieu sans danger dès que le blessé aura repris ses sens.

— Merci, répéta Charlotte qui s'éloigna aussitôt.

En passant, elle toucha le bras de Joseph.

— Vous monterez avec lui dans le fiacre, dit-elle, et vous l'accompagnerez jusque chez lui. Demain matin, je vous prie de venir à l'hôtel. J'ai besoin de causer avec vous.

Comme Joseph s'inclinait en silence, elle attendit ; puis, voyant qu'il ne parlait point, elle ajouta en baissant la voix :

— Donnez-moi ma lettre.

Joseph ne comprit pas tout de suite, bouleversé qu'il était par tant d'événements ; Charlotte reprit avec impatience :

— La lettre qu'il vous a remise pour moi !

Joseph obéit en sursaut, cette fois.

Mme d'Aleix glissa la lettre d'Edouard dans son sein et gagna la porte extérieure.

Près du seuil, elle se sentit arrêtée par une main qui retenait son vêtement.

L'aveugle était auprès d'elle.

— Maîtresse, demanda-t-elle très bas, qu'avez-vous vu ?

Un mot vint aux lèvres de Charlotte, mais elle se ravisa et, au lieu de répondre, elle dit :

— Vous avez entendu le docteur, ma bonne, j'espère que ce ne sera rien.

L'aveugle secoua la tête lentement :

— En toute notre vie, murmura-t-elle, jamais crainte pareille ne vous a serré le cœur, est-ce vrai, princesse Carlotta ?

— C'est vrai... Je croyais qu'il allait mourir.

— Vous aimez le jeune comte Roland comme un frère...

— Comme un frère chéri ! appuya la jeune fille dont l'accent eut une nuance de hauteur.

L'aveugle se rapprocha. Vous eussiez juré qu'elle voyait, tant sa prunelle, fixée sur Charlotte, brillait.

— Et celui-là, dit-elle en pointant son doigt dans la direction du blessé, comment l'aimez-vous ?

Mme d'Aleix recula, offensée, et voulut s'éloigner, mais l'aveugle la retint encore, et demanda d'une voix adoucie :

— Est-ce qu'il lui ressemble ?

— Bonne mère, repartit cette fois la jeune fille,

vous le savez bien, puisque vous avez palpé ses traits et que vos doigts ont le sens de la vue.

La prunelle de l'aveugle s'éteignit.

— Il y a une menace au-dessus de nous, dit-elle, comme si elle eut pensé tout haut : deux menaces. Domenica Paléologue a trop d'argent ; jamais l'argent ne porte bonheur. Elle est seule ; les années qui passent ne lui donnent pas l'expérience. Dites-lui de prendre garde...

— Vous savez quelque chose ! s'écria Charlotte, qui l'entraîna au dehors. Dites ce que vous savez, au nom de Dieu !

— Dieu ! répéta l'aveugle, dont le front s'inclina.

Elle s'arrêta pour reprendre avec découragement :

— Dieu ne m'écoute plus quand je prie. J'ai vu le père tomber sous la main de l'enfant ! Ah ! j'ai pleuré, pleuré du sang. Pétraki était un brave homme : Comment un brave homme peut-il être le père d'un démon ?...

— Je ne vous comprends pas, bonne mère, interrompit Charlotte, je vous en prie, expliquez-vous.

— Il faut prendre garde, prendre garde, prendre garde ! répéta par trois fois l'aveugle. Je suis punie par où j'ai péché. J'ai été une femme heureuse. Et notre Yanuz chéri était un petit ange avant d'avoir perdu tout son sang par cette blessure horrible... horrible !... tout le sang de son cœur !

Elle se couvrit le visage de ses mains et un sanglot lui secoua la poitrine.

Charlotte n'osait plus interroger. L'accent de

l'aveugle était redevenu glacé quand elle reprit après un silence :

— Vous avez un bon cœur, vous maîtresse, mais je ne sais rien. Vous avez fait du bien à ma pauvre Éliane, mais je ne peux rien. Nous disions, mon homme et moi : « Notre petit Yanuz aura des millions... Folie ! noire folie ! Prenez garde ! les apparences mentent. Tout ment. Il n'y a de vrai que le malheur. Adieu.

Elle fit un grand geste désespéré et rentra dans la maison, laissant Mme d'Aleix frappée de stupeur.

Pour regagner son propre logis, Charlotte n'avait que la ruelle à traverser. Presque en face de la masure, une porte de dégagement s'ouvrait en effet dans le mur des jardins de Sampierre, et c'était par là que Charlotte était venue. Elle mit la clef dans la serrure et entra.

Il faisait clair de lune. L'allée tournante qui menait à la maison se zébrait de lumière et d'ombre. Un seul coup d'œil assura Mme d'Aleix qu'il n'y avait personne aux alentours ; — mais pendant qu'elle se retournait pour fermer la porte en dedans, une voix douce et particulièrement bienveillante dit derrière elle avec un léger accent italien :

— J'ai cru que c'était un voleur, et je vous prie de croire que je n'étais pas là pour vous épier, ma belle cousine Carlotta !

Au milieu de la voie, un cavalier en tenue de soirée était debout et respectueusement incliné.

— Comte, répondit froidement la jeune fille, tout le monde peut m'épier, je n'ai pas de secret.

Le cavalier répliqua :

— Dieu me préserve de penser autrement ! On ne peut pas être comme vous un ange de charité sans risquer de temps à autre quelques démarches auxquelles le monde, qui n'est ni angélique ni même charitable, ne comprendrait rien... Daignerez-vous accepter mon bras ?

Si Charlotte eut un mouvement d'hésitation, ce fut si rapide, que sa réponse n'en éprouva aucun retard appréciable.

— Volontiers, mon cousin, dit-elle.

Le cousin Pernola salua de nouveau et avec une exquise courtoisie,

Nous avons vu tout à l'heure ce galant homme de près, au grand jour, et nous avons admiré la résistance victorieuse que sa constitution, en apparence assez frêle, opposait aux injures du temps. C'était bien autre chose à la lumière incertaine qui régnait sous les arbres.

Il y avait miracle.

Ces vingt années ne comptaient pour rien. Pernola était toujours jeune, il gardait le duvet du ténor, la souplesse du chat favori, le charme *sui generis* du joli Italien. Son sourire blanc, qui nous ravissait sous Louis-Philippe, avait duré autant que l'Empire, sans se fatiguer ni s'user : le même sourire, il était là à poste fixe, comme si on l'eut taillé dans le marbre.

— Entrez-vous au salon, chère cousine ? demanda-t-il, ou regagnez-vous votre appartement ? Je dois vous dire que cette bonne Savta est aux cent coups.

Elle pense que des malfaiteurs vous auront enlevée pendant qu'elle s'était assoupie « une toute petite minute » en prenant le frais sur un banc.

Savta, l'ancienne lieutenante de Phatmi, avait monté en grade depuis le temps. Elle était, à l'hôtel de Sampierre, quelque chose d'intermédiaire entre la camériste de confiance et la dame de confiance.

— Allons d'abord rassurer Savta, répondit Charlotte. Y a-t-il beaucoup de monde au salon ?

— Il y a cette charmante baronne de Vaudré ; Mme la marquise ne saurait plus se passer d'elle. Serait-il indiscret de vous demander, ma chère cousine, si Mme de Vaudré vous inspire une sympathie marquée ?

— Petite maman Domenica l'aime, cela me fait l'aimer, répliqua Mme d'Aleix d'un ton de parfaite indifférence.

— Juste comme moi ! s'écria l'Italien. Mais, Dieu me pardonne, voilà des flambeaux qui courent ! Savta est capable d'avoir mis la maison sur pied !

— Savta ! ma bonne, appela tranquillement Charlotte en voyant déboucher d'un massif la dame de compagnie escortée de deux valets, porteurs de lanternes : Je ne suis pas perdue.

— Est-ce bien vous ? méchante enfant ! s'écria la brave femme à bout de souffle. Avez-vous eu le cœur de me causer une inquiétude pareille ! Figurez-vous, monsieur le comte, que princesse et moi nous étions bien tranquillement sur le banc auprès du Centaure. Il faisait une chaleur ! Me suis-je assoupie une petite minute ? C'est vraisemblable...

— C'est même certain, chère madame, interrompit Pernola.

Il regarda Mme d'Aieix en ajoutant :

— Et je puis vous dire, ma bonne Savta, ce qui s'est passé pendant votre sommeil. Vous allez voir à quel point nous sommes innocents tous les trois.

Charlotte retira son bras et leva sur lui des yeux étonnés. Pernola mit de l'onction dans son sourire et continua :

— Je faisais les cent pas dans l'allée du Centaure ; j'ai vu qu'à votre insu vous aviez faussé compagnie à ma belle cousine, et je lui ai offert mon bras pour un tour de promenade. Notre tort c'est de n'avoir plus pensé à vous au bout de cinq minutes, et, pour ma part, je vous en fait mes sincères excuses.

Il avait, en vérité, la figure d'un généreux chevalier, venant au secours d'une dame dans l'embarras.

Le regard de Savta interrogea Charlotte, qui rougit légèrement, mais qui répondit :

— C'est vrai, ma bonne, pardonne-moi. M. le comte et moi nous causions de choses intéressantes, et nous t'avions oubliée.

VIII

PRINCESSE CARLOTTA

On arrivait au perron de l'hôtel.

Savta tenait la main de sa jeune maîtresse retrouvée, comme si elle eût eu frayeur de la perdre encore. M. le comte Pernola marchait à l'autre côté de Mme d'Aleix.

Les sauveteurs de sa sorte ne font jamais un long crédit.

— Princesse, dit-il en montant les degrés, j'ai fait de mon mieux pour vous éviter l'ombre même d'un chagrin. Je serais heureux et reconnaissant si vous vouliez bien m'accorder pour demain matin un instant d'entretien.

Il avait baissé la voix pour faire cette demande. Mme d'Aleix répondit tout haut :

— Mon cousin, vous prévenez mon désir, j'allais vous adresser la même requête. Demain, à l'heure où Mme la marquise entend la messe aux Missions-Étrangères, nous nous rencontrerons, s'il vous plaît au salon. J'ai quelque chose de particulier à vous communiquer.

— Je serai là ? dit Savta avec un point d'interrogation.

— Non, ma bonne, repartit Mme d'Aleix gravement. M. le comte et moi nous tenons à être seuls.

Elle salua de la main et prit le chemin de son appartement, pendant que Pernola restait pensif au milieu du vestibule.

Une fois dans sa chambre, Charlotte d'Aleix envoya Savta au salon présenter ses excuses à la marquise Domenica, sa « petite maman, » et se débarrassa également de sa femme de chambre, sous prétexte de fatigue.

Elle ne mentait point : il y avait en elle une lassitude profonde, mais en même temps une étrange excitation.

Elle se laissa tomber sur un fauteuil devant son secrétaire dont la tablette était baissée.

Il y avait sur son visage, à la beauté douce mais vaillante, une pensée tellement absorbante que vous 'eussiez prise pour une somnambule pétrifiée par la catalepsie.

Elle resta un instant immobile, raide, silencieuse, le regard fixement noyé dans le vague. De temps en temps, des frémissements courts glissaient le long de ses veines.

Puis elle laissa tomber sa tête rêveuse entre ses mains qui se baignèrent dans les boucles de ses cheveux.

— Ma mère ! murmura-t-elle, je ne l'ai pas vue à son lit de mort, et peut-être m'eût-elle avoué la vérité à ce moment où le mensonge est impossible.

Elle m'avait confiée à Domenica Paléologue quelque temps avant sa dernière heure. Je me souviens... On m'appelait princesse aussi chez ma mère : mais, dans les premiers temps, ceux qui me nommaient ainsi souriaient, et, en parlant de moi, il disaient : « la petite remplaçante... »

Elle ouvrit un tiroir du secrétaire et y prit deux médaillons dont chacun contenait un portrait.

Le premier représentait une femme de quarante ans à peu près, gardant les restes d'une grande beauté, mais vieillie avant l'âge par la maladie ou le chagrin. Nous eussions pourtant reconnu en elle cette noble créature, déshéritée par le vieux Michel Paléologue, et qui avait assisté sans se plaindre au mariage de sa nièce Domenica, lequel donnait, en totalité, les biens immenses du prince Michel à M. le marquis de Sampierre.

Carlotta mit ses lèvres sur ce portrait qui était celui de Michela, princesse d'Aleix.

Ce fut un baiser pieux et plein d'un respect tendre qui allait jusqu'au culte.

— Ma mère ! répéta-t-elle, ma bien-aimée mère ! que ne donnerai-je pas pour être sûre de mon droit à l'appeler ainsi !

Ce premier médaillon était enfermé dans un papier très fin que Mme d'Aleix passa sur son genou pour en défaire les plis.

Et pendant cela elle pensait :

— Je ne ressemble pas à ma mère !

C'était vrai dans toutes la force du terme, sauf en

un point : ces deux figures si différentes avaient toutes les deux quelque chose du type oriental.

Mais la physionomie piquante de la jeune fille, qui semblait regretter son sourire d'hier et les gaietés hardies de sa vraie nature, dans une mélancolie toute récente, ne gardait rien de l'imposant caractère répandu sur les traits de la morte.

Ces mots, prononcés involontairement : « Je ne ressemble pas à ma mère, » étaient plutôt une plainte que l'expression d'un fait. Ils se rapportaient non pas seulement à la miniature mais encore au papier que Charlotte avait dans sa main.

C'était un billet sans signature, ainsi conçu :

« Princesse ramassée par charité, fille d'une bâtarde et d'un charlatan, priez donc cette grosse Domenica de vous montrer votre acte de naissance ! En épousant le comte Roland, vous seriez entrée pour tout de bon dans la famille, mais maintenant que le pauvre petit diable est mort, comment allons-nous nous y prendre ?

« A votre place, j'essayerais du Pernola. Il ne sait rien de vos affaires et il n'a pas inventé la poudre. C'est un moyen.

« Il n'y en a pas deux.

« Réfléchissez, *princesse.* »

Le dernier mot était fortement souligné.

Charlotte parcourut des yeux ce billet, qu'elle avait déjà lu peut-être bien des fois.

Un sourire dédaigneux se jouait autour de ses lèvres.

Elle prit le second portrait qui était celui d'un

tout jeune homme, presque d'un enfant, dont les traits présentaient un rapport assez remarquable avec ceux de la marquise Domenica.

Elle approcha aussi ce portrait de sa bouche et le baisa, mais avec une dévotion distraite.

— Pauvre cousin Roland ! murmura-t-elle.

Puis, fixant sur la miniature un regard intense, elle continua, pensant tout haut :

— L'autre lui ressemble, le blessé de ce soir, cela saute aux yeux ! Et pourtant, l'autre ne ressemble pas à Domenica... de qui donc l'autre est-il tout le portrait ?

Elle se frappa le front tout à coup et bondit sur ses pieds :

— Il ressemble au marquis Giammaria ! s'écria-t-elle. A M. de Sampierre ! Au grand portrait qui est dans le pavillon... C'est lui ! Ah ! je sais donc pourquoi je l'aime !

Ce dernier mot fut un véritable cri.

Elle s'arrêta effrayée au son de sa propre voix.

Comme tout le reste de l'hôtel de Sampierre, l'appartement de Mlle d'Aleix était meublé avec un grand luxe. Elle était auprès d'un prie-Dieu d'ébène, incrusté de nacre antique, au devant duquel elle s'agenouilla.

— Mon Dieu, dit-elle, je ne sais pas qui je suis. Qu'ils soient mes parents ou mes bienfaiteurs, ne leur dois-je pas la même tendresse? Ils sont faibles et entourés d'ennemis. Vous ne les avez pas armés, mon Dieu, ils n'ont personne pour les défendre : il n'y a pas au monde une pauvresse, demandant son pain aux passants, qui soit si abandonnée que Domenica Paléologue au milieu de sa noblesse et de sa richesse. Rien ne la protège, pas même sa pauvre volonté! Secourez-là, mon Dieu, changez ma faiblesse en force; faites que je sois choisie pour lui rendre son fils. Et si quelqu'un doit tomber dans cette lutte... car je devine la lutte, je la sens, terrible qui se prépare tout autour de nous... Oh! que ce soit moi, mon Dieu! moi, l'étrangère! La fille d'une bâtarde et d'un charlatan!

Son front toucha le bois du prie-Dieu. Pendant qu'elle était ainsi, sa main, glissée dans son sein, y prit la lettre du blessé que Joseph Chaix lui avait remise dans la maison de l'aveugle.

— Elle aussi, murmura-t-elle, la mère d'Éliane, m'a dit une fois : « Maîtresse Michela n'avait point de fille!... »

Elle ouvrit la lettre, agenouillée qu'elle était, et la lut en quelque sorte comme on prie.

La lettre disait :

« ... Vous étiez assise sous les arbres, au fond de ce grand parc ombreux, tout plein de statues. Moi, j'avais pénétré dans votre demeure à votre insu et malgré vous, comme font ceux qui ont de mauvais desseins.

« J'ai mené la vie des sauvages. Je rampais autour de vous, qui étiez sans défiance, dans l'herbe, comme un sauvage pour être plus prêt de votre beauté si pure, pour adorer votre sourire quand la lune caressante vient l'éclairer entre deux branches déplacées par le vent du soir; pour surprendre une harmonie de votre voix, un soupir de votre cœur...

« Où je vous ai vue la première fois ? Le son des orgues passait à travers les murailles de l'église. Ceux qui ont vécu dans les forêts sont attirés par toutes les grandeurs. J'entrai pour entendre le chant qui monte vers Dieu.

« Je priai.

« Ma prière m'ouvrit un coin du ciel, puisque je vous aperçus, et je vous emportais dans mon cœur pour vivre de vous, pour en mourir, peut-être, pour être à vous sur la terre et dans le ciel.

« ... Ce soir-là, qui était la seconde fois, dans le bosquet où vous rêviez, j'entendis une parole. Vous disiez :

« Si j'étais homme...

« Vous avez donc besoin d'un défenseur !

» Je voulus m'élancer, mais vous n'étiez plus seule.

« Et depuis lors, je revins tous les soirs ; suis-je un fou ?

« Tous les jours, je vous écris. Voilà bien des fois que je franchis le mur pour déposer ma lettre sur l'appui de votre croisée, et je m'en vais sans avoir osé.

« Ma lettre reste avec moi : ah ! ce n'est pas la même. Mon bonheur est de la recommencer, répétant sans cesse : Je vous aime ! je vous aime...

« C'est que je vous aime ! Je ne sais ni écrire ni parler. Si je pouvais vous envoyer mon âme !

« Ai-je deviné ? Avez-vous besoin de tout le sang

d'un homme qui n'a jamais tremblé ? Dites, je serai si heureux de vous donner ma vie !

« Ecoutez et croyez ! alors même que ce ne serait pas pour vous et... ne faites pas attention à ma main qui balbutie des caractères que je ne peux plus former... et quand le malheur voudrait que je fusse venu trop tard... oui, je crois que vous me comprendrez : quand même ce serait pour un autre que vous souhaitez la force et le courage d'un homme... pour celui que vous aimez peut-être...

« Eh bien ! parlez, me voilà, je veux bien lui donner ma vie, puisqu'il est votre bonheur...»

Charlotte d'Aleix pressa le b et contre sa poitrine pendant que deux belles larmes roulaient lentement sur ses joues.

IX

LE CLOU

Le lendemain matin, il y eut grande rumeur dans la cité Donon, ce petit monde qui était, comme disait le poète latin parlant d'Albion : « presque séparé de tout l'univers. »

Dès sept heures, toute la population des deux sexes était rassemblée au bord du saut de loup. On ne faisait pas beaucoup de bruit, parce que le diapason du pays était modeste, mais on se remuait considérablement et l'agitation semblait profonde.

Il n'était pas besoin de regarder longtemps pour connaître la cause de cette fièvre populaire. Au bord du fossé un homme était couché, portant à la tempe droite une horrible blessure.

L'homme était mort déjà depuis longtemps.

On l'avait trouvé froid et rigide, accroché par sa plaie même à une tige de fer qui sortait des moellons au fond de ce trou que le maçon de l'hôtel de Sampierre était venu visiter la veille et qu'il devait boucher le lendemain.

Toute chose ici-bas a sa raison d'être. La guérite, pour employer la désignation choisie par le Poussah quand il avait indiqué une bonne place d'embuscade à Fiquet, n'était pas un premier symptôme de ruine naturelle, attaquant le mur de Mme la marquise.

Le mur était partout ailleurs sain et robuste.

Il y avait ici démolition, opérée de main d'homme, mais accidentellement.

La démolition avait eu pour agent un fort levier de fer enfoncé dans la paroi intérieure de la muraille à coup de maillet, pour servir de faîte à une cage où le jardinier réfugiait son poulailler privé. La pointe du levier, en pénétrant dans le mur, avait rencontré un large moellon qui faisant résistance, avait entraîné une portion de la maçonnerie au dehors.

En dedans, du côté du jardin, tout était intact.

Des mois et des années avaient passé depuis lors. La chute successive des décombres avait ouvert davantage la guérite.

Et au fond de la guérite, la pointe du levier restait comme un de ces clous qui transpercent une cloison trop mince.

Le jardinier ne se doutait guère, à l'heure où il cognait, qu'à deux ans de distance, il plantait ainsi son levier dans la tempe d'un homme.

Pas plus que notre ami Edouard ne savait, en secouant son assassin inconnu de main de maître, qu'il accrochait un mort à un clou.

C'était pourtant cela positivement. La dernière poussée, la bonne, avait lancé le déplorable Fiquet au fond de la guérite avec une telle violence que sa tempe, rencontrant la pointe de fer, s'était crevée comme une pomme qui tomberait de l'arbre sur un pieu.

Et la propriétaire de la chèvre qui était à elle seule tous les troupeaux du village Donon, étant venue couper de l'herbe au bas du saut de loup pour le déjeuner de sa bête, avait avisé le mort, pendu à ce à ce gibet.

Ordinairement, à Paris et aux environs de Paris, quand un meurtre se découvre, les légistes de carrefour recommandent avec toute l'autorité qui les rend si respectables « de ne toucher à rien avant l'arrivée du commissaire ». Mais le trou Donon était si loin de Paris!

Des imprudents avaient décroché Fiquet, qui gisait maintenant dans la poussière, au bord de la douve, entouré d'un cercle de curieux sans cesse grossissant.

Les parents étaient là au grand complet et les enfants aussi, qu'on avait bien du mal à contenir.

Le monde venait jusque de la rue de Babylone.

Bien des gens qui croyaient cependant connaître leur Paris, admirèrent la cité Donon pour la première fois, ce jour-là.

Vers sept heures et demie, le soldat du père Preux ouvrit la fenêtre au second étage de la « grande maison. » Il regarda, puis le père Preux lui-même vint s'accouder sur l'appui en camisole de molleton et en bonnet d'indienne, avec sa pipe dans la bouche.

Un murmure, où il y avait du respect, s'éleva dans la cohue.

— Le Poussah ! disait-on.

— Monsieur le principal.

— C'était juste sous sa fenêtre, pourtant il aurait dû entendre ou voir !

— Il va nous dire du moins ce qu'il faut faire.

— Qu'est-ce qu'il y a donc, mes brebis ? demanda l'homme puissant dont la corpulence tenait toute la largeur de la croisée.

La foule s'écarta à droite et à gauche pour lui montrer le cadavre.

— Tiens ! tiens ! fit le Poussah ! ah ! par exemple ! un vilain atout ! Il a l'air d'avoir son compte... Vous qui avez des jambes, allez chercher la garde, mes enfants, qu'elle fasse son état.

Ce fut tout. Le soldat referma la croisée, pendant que Preux se remettait au lit, pensant :

— Ce bêta de Fiquet ! au lieu de mordre, il a été mordu : c'est drôle !

X

INVENTAIRE DE FIQUET, N° 5

Il était dix heures sonnées quand M. l'officier de paix arriva de ce pas lent mais sûr qui distingue la justice de Dieu.

Peu après, vinrent les gens envoyés du Palais.

Le trou Donon était désormais quelque chose : la *Gazette des Tribunaux* et le *Droit* allaient révéler à l'Europe sa position géographique.

Dans le terrain vague et le long du saut de loup, il y avait plusieurs centaines de curieux dont au moins cinquante invalides, car le bruit de « l'événement » s'était répandu jusqu'à l'esplanade. La chèvre, qui n'avait jamais vu pareille cohue, craignait la fin du monde et bêlait lamentablement.

Par un hasard moqueur, au moment où commençait l'enquête, les maçons arrivèrent pour boucher la guérite. On les renvoya, et du haut de son balcon le Poussah trouva le mot de la situation en disant : « Il est bien temps ! »

Tout ce qui tenait au monde officiel, la justice, la police, les invalides, leurs nièces, l'allumeur du gaz, l'ouvreur des bornes-fontaines, le concierge du magasin du Bon-Marché et le contrôleur de la station des omnibus, tous, dis-je, levèrent la tête pour lui envoyer un bienveillant salut.

Tel est le résultat d'une vie honorable.

Le médecin, régulièrement requis, constata que le cadavre était celui d'un mort. Il exprima cette opinion que le décès était survenu à la suite d'une lésion occasionnée par un choc, résultat d'un contact trop violent entre la tempe du défunt et un objet semi-contondant.

A son sens, la mort avait dû être à peu de chose près instantanée, à moins, toutefois, que l'agonie ne se fût légèrement prolongée.

On visita l'intérieur de la guérite. L'extrémité pointue, mais émoussée de la tige de fer portait un témoignage effrayant. Le sang avait coulé à flots dans la guérite d'abord, puis sur la marge étroite où notre ami Edouard avait posé son pied pour s'élancer par-dessus la murette, puis enfin jusqu'au fond du saut de loup.

Chacun avait vu tout cela, chacun voulut le revoir. Vous vous figurez bien, n'est-ce pas, comme c'était curieux ! Il faut l'occasion et une bonne chance pour jouir de spectacles pareils. M. de Rothschild lui-même ne peut pas s'en payer à volonté. Et notez que ça ne coûte rien.

Mais comment diable la barre de fer immobile avait-elle été chercher la tempe de ce malheureux homme ?

Le médecin fut d'avis que quelqu'un avait plutôt poussé la tête vers la barre.

Et la majorité du public ne parut pas répugner à croire qu'il avait peut-être raison.

La police prenait ses notes. La justice écrivait sur le genou d'un petit rat de greffe qui comptait bien lire son nom dans le journal du lendemain.

En somme, il n'y avait pas l'ombre d'un témoin, et personne ne connaissait le défunt, pas même le papa Preux qui connaissait tout le monde.

Restait la suprême ressource, l'opération palpitante que mille impatiences attendaient et qui parfois dévoile tout d'un coup le mot de ces sombres énigmes.

M. le commissaire de police et un beau petit substitut venaient d'arriver. On procéda au *fouillage.*

Aussitôt qu'on eût parlé de fouiller, le cercle se resserra si violemment que les sergents de ville furent obligés de défendre le terrain officiel, comme font les escamoteurs autour de leur table envahie.

Ecoutez ! c'est irrésistible. Il n'y a rien de plus intéressant que cela. Voir guillotiner, c'est bien attrayant, surtout pour les dames, mais les poches ! le mystère ! L'imagination s'enflamme à la seule pensée de ce qui peut jaillir d'une poche !...

On se battit, on écrasa des enfants. Il y eut des gens qui montèrent sur le mur du parc, d'autres qui escaladèrent la grande maison, malgré le respect dû au papa Preux.

Celui-ci avait envoyé son soldat chercher de la bière. Il était toujours à sa propre croisée et ne manquait de rien ; son déjeuner l'attendait par derrière sur sa table, mais les poches !...

La première poche, celle de côté, qui est ordinairement l'asile du portefeuille, ne contenait rien, sinon un vieil étui à cigares — vide.

Les deux autres poches de la redingote, à droite et à gauche, donnèrent un mouchoir déchiré auquel manquait notamment le coin de la marque, une vessie à tabac et un cahier de papier à cigarettes.

Dans les poches du gilet, point de montre, mais une boite en fer-blanc contenant des allumettes et un peigne à moustaches.

Dans la poche droite du pantalon, un portemonnaie absolument plat. Dans la poche gauche, un jeu de cartes qui fut reconnu « manié » et biseauté.

Enfin, à l'intérieur même du portemonnaie, dans la poche destinée aux billets de banque, un petit papier froissé qui avait dû être une lettre, mais qui ne portait ni adresse ni signature.

Quelqu'un qui eût examiné le Poussah au moment où ce petit papier fut découvert aurait pu voir son énorme face envahie par une subite pâleur.

L'objet passa de main en main parmi les gens qui avaient droit de l'examiner, pendant que la cohue s'agitait, en proie au supplice de Tantale.

C'était un avis mystérieux ainsi conçu :

« Pour n° 5...

« Affaire de Ville-d'Avray, ce soir, sans faute, tout le monde sur le pont, maison vide. Départ, rive gauche, neuf heures et demie. — Réunion au poteau, cordon du nord, bois de Fausse-Repose... »

XI

JOSEPH CHAIX

Vers cette même heure, Charlotte d'Aleix était seule dans sa chambre, assise devant son secrétaire; sa plume restait suspendue au-dessus d'une lettre commencée qui n'avait encore qu'une ligne. Elle rêvait au lieu d'écrire, et son regard restait fixé obstinément sur cette autre lettre, celle du blessé que Joseph Chaix lui avait remise la veille au soir, dans la maison de l'aveugle.

Il y avait un nuage sur ce front charmant qui semblait fait pour rayonner les gaietés de la jeunesse victorieuse, mais il y avait aussi comme un intime et profond reflet d'espérance.

Cela était nouveau : espoirs et tristesses. Charlotte était née femme depuis bien peu de jours. On devinait encore l'ignorance d'hier à travers le souci d'aujourd'hui, et à chaque instant il semblait que le sourire d'autrefois allait percer comme un regard de soleil glissant entre les nuées.

Tant que Charlotte était restée enfant, cette bonne Domenica l'avait entourée d'une véritable adoration.

35

7

Enfant elle-même et enchantée d'avoir quelqu'un à protéger, à caresser, à gâter, elle ne pouvait se séparer un instant de sa petite cousine, qu'elle appelait sa fille. C'étaient son occupation et sa récréation. Sans Charlotte, elle fût morte d'ennui.

Mais, depuis quelques mois, Charlotte, qui avait dix-huit ans, était devenue bien vieille pour Mᵐᵉ la marquise. Domenica s'était aperçue avec effroi que Charlotte n'était pas folle du monde. Avec une épouvante plus grande encore, elle avait cru deviner que Charlotte était susceptible de réfléchir.

Il se pouvait que cette petite fille, une fois ou l'autre, vînt brusquement l'éveiller du sommeil factice où elle avait déjà tant de peine à s'engourdir.

Car ce n'était pas l'intelligence, à proprement parler, qui manquait à Mᵐᵉ la marquise de Sampierre, c'était surtout le courage. Elle s'échappait dans le bruit vide, dans le mouvement vain, dans cette chose enfin que les consciences fuyardes appellent « le plaisir ».

Il n'y avait pas au monde un malheur plus grand que celui de cette pauvre femme, veuve d'un mari vivant et qui pleurait ses deux fils; mais il n'y avait pas non plus de frivolité plus résolue. C'était bien la fille du vieil Orient, enfant par ses civilisations comme par ses barbaries.

Depuis vingt ans, elle jouait à cache-cache avec elle-même, poursuivant une chimère impossible, priant Dieu et les somnambules, jetant l'argent aux pauvres, mais aussi aux chevaliers d'industrie qui exploitaient son idée fixe, et cherchant la foule pour s'étourdir sur le deuil du passé, sur les menaces de l'avenir.

Elle ne voulait pas regarder en face la douloureuse histoire de sa vie. Elle allait et venait, changeant de résidence comme elle changeait d'amies, et croyant s'occuper parce qu'elle s'agitait.

L'aurore de ses inconstantes amitiés ressemblait toujours à une passion. Elle avait en ce moment une amie nouvelle, Mᵐᵉ la baronne de Vaudré dont nous avons déjà prononcé le nom. Il sera amplement question d'elle bientôt. Sans avoir rien perdu peut-être de son affection pour Charlotte, Mᵐᵉ la marquise vivait de jour en jour plus loin d'elle.

C'était dimanche. Domenica devait monter en voiture pour se rendre à la grand'messe. L'antichambre de l'hôtel de Sampierre, remarquable par le nombre imposant de ses fainéants des deux sexes, était en fièvre, à cause du meurtre commis au saut de loup, dont la nouvelle avait été apportée par les jardiniers. On bavardait activement, et il va sans dire que les commentaires les plus malveillants étaient les mieux accueillis.

L'aventure de la veille au soir : « La chasse aux flambeaux », comme ils appelaient déjà les recherches faites dans le parc pour retrouver Mᵐᵉ d'Aleix, servait de point de départ aux hypothèses.

Il y avait là une bonne odeur de guinguette. Personne ne se gênait à l'hôtel Sampierre : on y déjeunait depuis l'heure du lever jusqu'au dîner, après quoi on soupait.

Au beau m'lieu de cette kermesse perpétuelle offerte aux marauds et aux donzelles composant la maison de M⁗ la marquise, le concierge en personne, un magnifique concierge, portant le costume roumain, introduisit un jeune homme d'apparence maladive et timide, proprement mais pauvrement habillé.

C'était Joseph Chaix, à qui l'argent d'Édouard avait donné les moyens d'amender un peu sa toilette.

— En voilà un qui demande princesse Charlotte, dit le concierge en montrant au doigt Joseph sans cérémonie.

— Bon ! s'écria M⁗ Coralie, première femme de chambre qui prenait un air honnête comme on met une paire de gants pour faire son service, mais qui ressemblait, dans son naturel, à une dame aux camélias du vingt-septième ordre, — étourdie que je suis ! j'avais oublié de vous prévenir, monsieur Szegelyi : princesse a donné l'ordre d'introduire monsieur... monsieur...

— Chaix, répondit Joseph déjà déconcerté.

— C'est ça, Chaix ! Venez avec moi, jeune homme.

On offrit quelque chose au beau concierge, qui accepta et dit :

— C'est tout de même drôle !

— Parbleu ! répondit le chœur des croquants, mâles et femelles, on en voit de toutes les couleurs dans cette grande baraque-là !

— Et le Chaix vient sans doute apporter à la princesse la suite du feuilleton d'hier !

— C'est justement le gendre de la bonne femme aveugle qui demeure en face de la porte du parc, dit M. Szegelyi en trinquant à la ronde. Princesse pourrait peut-être en dire plus long que personne au juge et au commissaire qui gagnent leur vie là-bas, de l'autre côté du saut de loup, à retourner les doublures du mort...

Mᵐᵉ Coralie, précédant Joseph, ouvrait en ce moment la porte de Charlotte et annonçait d'une voix douce qu'on ne connaissait point à l'office :

— Princesse, le jeune homme.

— Faites entrer, dit Mᵐᵉ d'Aleix sans se retourner.

Coralie introduisit Joseph et demanda avec tout plein de respect :

— Dois-je rester ?

— Non, vous pouvez vous retirer.

Coralie sortit aussitôt et referma la porte. Après quoi elle dessina un pas de « danse française », en disant :

— Cette vieille Savta est à l'église, la marquise aussi ; princesse fait ses petites affaires. Va bien !

Avant de se tourner du côté de Joseph Chaix, Charlotte ajouta rapidement une seconde ligne à celle qui était déjà sur son papier et signa son nom en toutes lettres.

— Je vous remercie d'être venu, dit-elle ensuite, fixant sur Joseph ses yeux agrandis par la fièvre. J'avais songé d'abord à vous placer près de moi, mais que feriez-vous parmi les gens qui remplissent nos antichambres ? Ils croieraient que vous espionnez leurs calomnies ou leurs pillages. Vous resterez chez vous, et ma chère petite Eliane en sera bien heureuse, mais vous viendrez prendre mes ordres tous les matins, et tant que durera la journée, vous vous tiendrez à ma disposition : J'aurai besoin de vous.

En parlant, elle regardait le visage de Joseph, ravivé par l'espoir. Ce n'était plus déjà la misérable créature d'hier au soir. Ses bons habits le refaisaient homme. Il se tenait droit et, sous son embarras modeste, on devinait la vaillance des vrais enfants de Paris.

— Eliane vous aime tant, princesse! dit-il avec émotion. Moi, je vous appartiens.

Elle lui indiqua un siège, mais Joseph refusa de s'asseoir. Sur la demande de Charlotte, il raconta la scène de la veille avec une entière sincérité.

— Comment! vous, Joseph! s'écria Mᵐᵉ d'Aleix, vous avez fait cela!

— Je ne savais pas qu'il était blessé, princesse, et c'était aujourd'hui à midi que M. Preux devait nous chasser. Celui-là ne s'inquiète pas du dimanche. Il y avait huit jours que je me demandais, et cela me rendait fou : où donc mettrons-nous le pauvre lit d'Eliane!

Charlotte eut un sourire en apprenant la nature de l'arme avec laquelle Joseph avait menacé Edouard.

Mais tout ne fut pas terminé là, car Charlotte ignorait absolument ce qui s'était passé si près d'elle depuis la veille. Elle apprit avec étonnement la présence des gens de justice au bord du saut de loup et frémit en écoutant l'histoire de ce mort, cloué au

mur du parc. Personne ne lui avait parlé de cela.
Quand l'antichambre est à l'état conquérant, comme
c'était le cas chez les Sampierre, il tient rigueur au
salon. M'"" Coralie ne se compromettait jamais avec
sa maîtresse.

— C'est donc Edouard qui a tué ce malheureux ?
demanda Charlotte toute tremblante.

— Il n'en sait rien lui-même, répliqua Joseph. Ni
M. Edouard ni son assassin ne pouvaient connaître
l'existence de cette pointe de fer, et M. Edouard est
tombé au fond du fossé, près de moi, au moment
même où il venait de repousser le bandit.

Charlotte demanda encore :

— Mais qui soupçonne-t-on ?

— Personne.

— Quel est le nom du malheureux ?

— On est en train de faire l'enquête.

— Mais vous, Joseph, le savez-vous ?

— Moi, je ne sais rien.

Ses yeux se baissèrent sous le regard perçant de
M'"" d'Aleix. Il y eut un silence pendant lequel Charlotte plia et cacheta la lettre de deux lignes qui était
sur la tablette du secrétaire.

— Vous savez où trouver M. Edouard ? demanda-
t-elle en écrivant l'adresse.

— Certes, répondit Joseph, puisque, selon votre
ordonnance, je l'ai reconduit chez lui hier au
soir.

— Il avait recouvré sa connaissance ?

— Entièrement.

— Lui avez-vous parlé de moi pendant la route ?

— Je n'aurais pas osé, princesse.

— Y avait-il quelqu'un à l'attendre chez lui?

— Son père, le capitaine Blunt.

— Qu'a-t-il dit en voyant l'état de son fils?

— Voilà exactement ce qui s'est passé : En arrivant devant le n° 7 de la Chaussée des Minimes, M. Edouard m'a ordonné de descendre et d'ouvrir la porte de l'allée avec une clef que j'ai prise dans sa poche. Il m'a dit : « Va jusque dans la cour. A gauche de l'allée, tu tâteras le mur où pend un fil de fer terminé par un anneau, tu pèseras sur l'anneau. Si personne ne te répond, c'est que mon père est absent ; alors tu reviendras me tenir compagnie. Si, au contraire, mon père vient à la fenêtre, tu lui crieras que je suis blessé... légèrement, pour ne pas le mettre aux cent coups... et tu t'en iras comme si le diable t'emportait. »

Le père était là. Je suis revenu l'annoncer à M. Edouard, qui m'a donné une poignée de main en disant : « Bon voyage, mon ami Joseph. Si elle te demande comment je me porte, ne vas pas l'effrayer... Mais peut-être qu'elle ne te demandera rien. Reviens savoir de mes nouvelles, si tu veux ; en tous cas, moi, je te retrouverai. En route! »

J'ai obéi. Vis-à-vis de lui comme vis-à-vis de vous, princesse, je n'aurai amais d'autre rôle que l'obéissance ; mais si vous commandiez tous deux en sens contraire, je vous préviens à l'avance : c'est à lui que j'obéirais.

Mme d'Aleix lui tendit la main. Il n'eut pas le temps de la prendre. Pendant que son respect le faisait hésiter, on frappa à la porte de l'antichambre, et M⁰⁰ Coralie entra, disant :

— Princesse, M. le comte Pernola m'envoie vous dire qu'il est au salon.

— C'est bien, répliqua Charlotte, dites à mon cousin que je vais le rejoindre.

Quand M⁰⁰ Coralie se fut retirée, Charlotte se leva.

— Joseph, dit-elle, vous allez vous rendre chez M. Edouard sur-le-champ et lui porter cette lettre.

Il prit l'enveloppe qu'on lui tendait, mais il ne bougea pas, et le sang monta à ses joues pâles.

— Qu'attendez-vous ? fit la jeune fille.

— Maîtresse, murmura Joseph, pardonnez-moi, je vous ai dit tout à l'heure : Je ne sais rien... » Et hier, quand vous m'avez demandé : « Est-ce Pernola qui a frappé ?... »

— Ai-je donc demandé cela ? s'écria Charlotte.

— Oui, maîtresse, et moi, je vous ai répondu : « Je ne sais pas, je n'ai rien vu... »

— Eh bien !

— Je ne mentais pas hier au soir, maîtresse, mais ce matin j'ai menti : je sais quelque chose.

XII

TOILETTE DU MATIN

Mme d'Aleix, qui était déjà auprès de la porte, revint sur ses pas.

— Parlez, dit-elle vivement : que savez-vous ?

— Ce n'est pas M. le comte Pernola qui a frappé, répondit Joseph ; mais je viens de voir la figure de l'assassin qui est couché mort, là-bas, au bord du fossé, et je l'ai reconnu pour un homme qui allait quelquefois chez M. Preux, le principal de la cité Donon.

— Et que prouve cela ?

— Vous allez voir, maîtresse, Deux fois, la semaine dernière, j'ai vu M. le comt. Pernola sortir de la maison du principal...

— Est-ce tout, demanda Charlotte, qui écoutait encore, quoique Joseph eût fini de parler.

— Oui, maîtresse, c'est tout.

Charlotte demeura un instant pensive. Elle était très pale et regardait à ses pieds.

— Joseph, dit-elle brusquement, je vous remercie. Allez où je vous ai envoyé. Ne donnez la lettre que si M. Edouard est seul... et revenez me rendre compte de votre commission. Je vous attends.

Le bon garçon s'éloigna aussitôt. Mme d'Aleix descendit l'escalier derrière lui et poussa sans hésiter la porte du salon où le comte Giambattista l'attendait, demi-couché sur le divan dans une attitude pleine de grâce et feuilletant négligemment un album.

Nous ne saurions nous en dédire, c'était un Italien charmant aux rayons du soleil comme au clair de la lune. Aujourd'hui, de plus qu'hier, il avait ces séductions toutes fraîches que donnent la poudre de riz nouvellement appliquée et le travail récent du coiffeur.

Cette figure lisse et poncée sous le noir brillant des cheveux n'avait ni une ride ni un pli. Les yeux luisaient, les sourcils chatoyaient, la fine moustache semblait être en jais filé, les joues en biscuit de Sèvres sortant du four.

Et le costume valait le mannequin : toilette de maison et de berger : pantalon caressant, gilet chatouilleur, chemise suave, jaquette nacrée comme le matin d'un joli jour, cravate négligemment souriante qu'une fée avait trempée dans de l'opale liquide, bas de soie, camélia-thé, escarpins... Allons ! c'est assez. Ménageons les nerfs de tous les sexes.

Je n'éprouverais aucun scrupule à vous peindre un lutteur tout nu, mais je ne sais pourquoi cet homme trop vêtu me semble obscène. D'ailleurs, vous le connaissez si bien !

A l'entrée de Mme d'Aleix, Giambatista se leva avec une grande affectation de respect et vint lui prendre la main pour la conduire à un fauteuil. Avant de lâcher ses doigts, il les effleura des ses lèvres.

— Merci d'être venue, ma belle cousine, dit-il ; je commençais à craindre que vous n'eussiez oublié votre promesse. Avez-vous bien dormi malgré les terribles émotions d'hier au soir ?

Charlotte répondit :

— Non. Je dois avoir eu la fièvre.

Et elle s'assit.

— Vous êtes en effet un peu changée, reprit Pernola en poussant un fauteuil auprès de celui de Charlotte. Savez-vous que j'admire votre discrétion ? Hier, vous ne m'avez pas dit un mot de cette sanglante aventure.

— Je vous croyais peut-être beaucoup mieux instruit que moi, répliqua froidement Mme d'Aleix.

Le regard du comte exprima un étonnement plein de candeur.

— Vous saviez bien pourtant, fit-il observer, que j'étais, moi, de ce côté-ci du mur.

— Mon cousin, dit Charlotte, je n'ai pas plus envie de vous accuser que vous-même n'avez désir de me trouver coupable. Je suppose que notre entretien va rouler sur d'autres sujets plus intimes.

— En effet, repartit le comte avec un souriant salut.

Il ajouta pourtant :

— Chère cousine, tout ce qui vous touche m'intéresse. Pardonnez-moi si j'ai abordé en passant une question qui paraît ne vous être point agréable; c'était dans une bonne intention.

Il toussa légèrement, et sa toux elle-même attaquait une jolie note de ténor qui était flatteuse pour l'oreille.

— Je voulais causer avec vous, reprit-il en changeant de ton, car il ne cessait d'improviser pour entamer la partie préparée de « la scène »; j'ai fait de mon mieux jusqu'à présent pour vous témoigner mon tendre dévouement qui allait augmentant sans cesse à mesure que je vous voyais grandir et embellir près de moi, mais vous étiez trop jeune pour qu'il fut opportun et même convenable d'aborder avec vous certains sujets. D'abord, vous ne m'auriez pas compris, charmante cousine, ensuite vous auriez été impuissante à m'aider dans l'œuvre d'abnégation où j'use le restant de ma jeunesse, où je risque peut-être ma vie...

Il s'arrêta. Il avait compté ici sur une exclamation, ou tout au moins sur un mouvement. Ni l'un ni l'autre ne vint. Charlotte écoutait attentivement, mais tranquillement.

— Oui, ma cousine, reprit-il, malgré l'absence de l'interruption espérée, vous avez bien entendu, j'ai dit : ma vie. Je risque ma vie. Ceux qui ne connaissent pas les affaires de notre maison se représentent la fortune de Sampierre comme un énorme tas d'or qui va toujours grossissant, car on ne suppose pas que Mme la marquise, en y mettant toute la bonne volonté possible, soit capable de dépenser annuellement son revenu, — ce revenu que l'erreur publique porte à des sommes tout à fait extravagantes... Eh bien ! Carlotta, si vous ne le savez pas aujourd'hui, vous l'apprendrez forcément demain : la richesse poussée au-delà de certaines limites, amène avec soi de singulières fatalités. Auprès de ces montagnes d'or, la comédie devient drame, et le drame tragédie, On dirait que toutes les convoitises errantes sur la surface du globe, mystérieusement averties, et comme l'aiguille aimentée sent le pôle, convergent à la fois vers ces trésors. Tantôt, c'est le poignard qui frappe, comme hier, tantôt c'est une arme invisible et plus cruelle, ouvrant l'issue par où l'existence s'écoule lentement et goutte à goutte. Il y a quelques jours à peine que nous portions encore le deuil du comte Roland de Sampierre, notre bien-aimé cousin...

Pernola s'arrêta encore, mais cette fois, ce ne fut pas de lui-même.

L'effet produit lui coupait inopinément la parole.

Une lueur brûlante s'était allumée dans les yeux de Mme d'Aleix qui ouvrit la bouche pour parler, pendant qu'un flux de pourpre montait à ses joues.

Mais le mot qui voulait jaillir de ses lèvres ne fut point prononcé. Elle abaissa ses paupières comme un voile sur l'éclair de son regard et redevint pâle.

Le comte poursuivit d'une voix moins assurée :

— Je ne prétends pas, comprenez-moi bien, que ce crime d'hier ait un rapport quelconque avec les embarras de notre famille. Je ne puis avoir des soupçons, la certitude me manque. Je ne prétends pas non plus, du moins je me garderai d'affirmer que le décès lamentable de notre Roland si regretté doive être attribué à autre chose qu'une maladie...

— Alors, interrompit Charlotte, dont la voix frémissait de colère, que tentez-vous d'insinuer, mon cousin ?

— Je n'insinue rien, répondit Pernola je dis ceci : il y a un énorme tas d'or ; pour le garder, est-ce assez d'une femme et d'un fou ?

Son regard fut choqué brusquement par celui de Charlotte, qui dit avec une ironie contenue :

— D'autres veillent. Vous oubliez au moins une de ces sentinelles. N'êtes-vous pas là, vous, mon cousin Giambattista ?

Celui-ci salua aussitôt d'un air reconnaissant et satisfait.

— Mille grâces, dit-il, pour la justice que vous me rendez. Oui, c'est la vérité, je suis là, et rien ne m'éloignera de mon poste, mais je me lasse d'y être seul, et je crois avoir le droit d'exiger un peu d'aide.

— Est-ce à moi que vous demandez cela ?... commença Mme d'Aleix.

— C'est à vous, interrompit Pernola, et c'est à vous seule. Je vous prie de m'écouter de bonne foi, comme je parle. Dans tout dévouement humain, il y a le côté d'intérêt personnel. Je pourrais dissimuler ce revers de la question, mais la loyauté de mon caractère m'entraîne à l'aborder hautement.

Il rapprocha son fauteuil et reprit :

— Mais chère, ma bien chère cousine, nous sommes vis-à-vis l'un de l'autre dans des positions absolument parallèles. Mettons de côté l'attachement égal que nous portons, vous et moi, à notre bien aimée parente, la princesse-marquise et aussi à son mari infortuné, le marquis Giammaria, si durement frappé par la main de Dieu ; parlons de la maison elle-même, de ce grand tout formé par l'union de deux races illustres : Paléologue et Sampietri. Les générations disparaissent, les maisons restent... Que la Providence veuille retarder longtemps encore l'éventualité à laquelle je vais faire allusion, c'est mon désir le plus ardent, mais enfin, nul ne peut aller contre l'ordre de la nature. Le temps viendra où ceux qui remplissent aujourd'hui notre cœur, Domenica et Giammaria, seront le passé, c'est hélas trop certain, puisque nul d'entre nous n'est immortel, — et alors, nous serons, vous et moi le présent, par la raison indéniable qu'à cette heure nous sommes l'avenir : Vous êtes la seule héritière de Paléologue, je suis l'unique héritier de Sampierre.

Ici, le comte Giambattista fit une nouvelle pause, pour attendre une réponse, mais Charlotte garda le silence.

— Dois-je croire que vous ne m'avez pas compris ? demanda-t-il après un instant.

— Au contraire, répliqua Mme d'Aleix, je suis à peu près sûre de vous avoir compris parfaitement.

— Alors, je continue, et je prends la liberté de réclamer toute votre indulgence. Je ne veux pas dire que je vous ai vu naître, mais vous étiez si petite quand votre excellente mère vous remit aux soins de Domenica que vous devez me regarder comme un bien vieil homme. Et, par le fait, je ne suis plus tout jeune, ma chère cousine, mais qu'est-ce que la jeunesse ? Il y a des adolescents caducs, il y a des hommes mûrs qui gardent la fraîcheur des premières années. Pour ce qui me concerne, je ne me suis jamais senti plus robuste ni plus dispos ; jamais mon intelligence n'a été plus lucide, jamais ma sensibilité plus vive ni plus délicate. Cela tient-il à ce que j'ai gardé la virginité de mon cœur ? Je pencherais à le croire. Au milieu du dévergondage qui nous entoure, je suis resté pur, et c'est une âme vertueuse que je pourrais offrir à celle qui daignerait accepter mon premier amour.

Il fredonna cette romance avec un trémolo dans la voix.

Paris ne connaît plus beaucoup l'amoureux dorémat comme un sujet de pendule du temps d'Austerlitz, mais ce bonhomme existe encore et c'est ordinairement un coquin. Marat jouait de la guitare.

Mme d'Aleix saisit le moment précis où Giambattista allait tomber à genoux comme c'était son devoir après une semblable tirade pour lui demander froidement :

— Mon cousin, êtes-vous bien sûr que je sois l'héritière de Paléologue ?

XIII

LES BIENS DE LA MARQUISE

Le comte Giambattista ne s'attendait pas à cette question.

— Voilà, dit-il, le danger de mêler les affaires aux choses du cœur, surtout quand il s'agit d'une chère enfant de votre âge. Oui, certes, vous êtes l'héritière de Paléologue ; oui, certes, j'en suis bien sûr : vous avez la possession d'état. Je ne dis pas que si vos amis devenaient vos ennemis... mais quelle apparence ? Et supposez-vous un seul instant que je laisserais spolier ma femme ?

De la main, Charlotte fit un geste qui pouvait se traduire ainsi : « Je suis à mille lieues de penser cela. »

— Je ne sollicite pas, poursuivit Pernola, une réponse formelle ni surtout immédiate. Je sais à quoi les convenances nous obligent l'un et l'autre vis-à-vis de Mme de Sampierre. C'est à cette chère Domenica que sera adressée, bien entendu, ma demande officielle. Seulement, mon cœur m'a conseillé de venir et de vous exposer loyalement ses désirs.

Nouveau geste de Charlotte, froid, mais fort éloigné d'exprimer une désapprobation.

Un peu de malaise passa parmi les sourires de l'Italien. L'idée lui venait que cette fillette était peut-être aussi forte que lui en diplomatie.

Cette porte, qu'elle laissait trop ouverte, le gênait parce qu'il avait préparé ses batteries en vue d'une lutte décisive.

Le silence est d'or : Giambattista savait cela parfaitement, mais dans une scène à deux il faut à tout le moins qu'un des interlocuteurs parle, et Charlotte, prenant les devants, avait mis le silence de son côté.

Un instant, Pernola resta court.

— Me trouverez-vous trop hardi, demanda-t-il avec un embarras manifeste, si je vous remercie du bienveillant accueil que vous faites à mon ouverture ?

Charlotte répondit en lui tendant la main et le plus simplement du monde !

— Mon cousin, je suis trop honorée.

Elle ajouta en rougissant un peu derrière son sourire :

— Seulement, il y a une chose qui m'étonne.

— Quoi donc, chère Carlotta ?

— Hier soir, vous m'avez demandé cette entrevue comme prix d'un service...

Le comte ne la laissa pas achever.

C'était le moment, il mit en terre résolûment le genou de son pantalon clair.

— En grâce ! s'écria-t-il, ne parlons pas de cela !

j'ai eu tort. Faut-il vous faire ma confession tout entière ? Je suis neuf, très neuf, ne vous moquez pas de moi : vous êtes la première femme sur qui j'aie fixé les yeux. Prenez en pitié ma gaucherie.

La chose singulière, c'est que cet ingénu de quarante ans n'était pas absolument ridicule. La jeunesse, quand on l'enferme dans un pot bien bouché, peut-elle se confire comme les cerises ?

Charlotte releva son soupirant sans paraître formalisée.

— Je ne demande pas mieux que de vous absoudre, mon cousin, dit-elle, mais c'est à la condition que vous répondrez franchement : Qu'avez-vous pensé de moi hier au soir ?

— Je vous l'ai dit, répondit Pernola avec effusion : j'ai pensé que vous étiez un ange de charité, et je suis bien sûr de ne pas m'être trompé. Ah ! ma cousine ! avec une femme comme vous, le soupçon serait un crime ! Brisons là, je vous en prie : nous avons malheureusement des sujets plus graves à traiter, et si vous trouvez que je n'abuse pas de vos instants, laissez-moi vous parler de ceux que nous aimons tous les deux... de notre Domenica, surtout à qui la maladie du marquis impose une si lourde charge, et qui n'aurait pas trop de nous deux, vous allez bien le voir, pour l'aider à supporter son fardeau. La situation est triste, elle va vous étonner : je n'hésite pas à dire qu'elle est très dangereuse pour Mme la marquise et pour nous. Notre fortune, qui éblouit tant de convoitises, est grandement, oui, grandement menacée.

Charlotte laissa voir son étonnement.

— Je croyais, dit-elle, que ma cousine ne dépensait pas le quart de son revenu.

— Avec la dixième partie de son revenu, repartit Pernola en levant les yeux au ciel, j'entends de son ancien revenu (il appuya sur le mot *ancien*) Mᵐᵉ de Sampierre aurait eu de quoi mener un train beaucoup plus brillant que le sien.

— Ce sont donc ses charités?... commença Charlotte.

— Elle a le cœur excellent, interrompit Giambattista, oh! excellent! mais avec la dixième partie de son revenu (l'ancien) elle aurait fait bouillir la poule au pot chez tous les pauvres de la paroisse... Ecoutez! tout d'abord, constatons que la question d'argent n'est rien pour moi. Je n'ai pas de besoins. Je vivrais avec vingt mille livres de rentes, et comme un prince encore! Seulement, j'ai ma responsabilité. Personne ne sera obligé de croire qu'il était déjà trop tard quand j'ai accepté, sans émoluments aucuns, la mission impossible de nettoyer ces écuries d'Augias. Il y a eu de nombreuses ventes...

— Des ventes! répéta Charlotte stupéfaite.

— Considérables... énormes! Vous me demanderez pourquoi? Les motifs sont de deux sortes, il y en a de connus, il y en a d'inconnus. Votre aïeul, Michel Paléologue, était un sage administrateur: après sa mort, tout est tombé entre les mains de mon bien-aimé cousin Giammaria qui a perdu la raison presque tout de suite et qui est resté des années, fou qu'il était déjà, souverain maître de cette fortune. Après lui, notre chère Domenica a pris la gérance, Savez-vous ce que c'est qu'un patrimoine de cinq millions de revenus (et il y en avait plus que cela à l'époque du mariage!) tombant déjà disloqué et désorganisé entre les mains d'une femme qui ne sait pas combien font deux et deux ? Un patrimoine divisé, multiple, dont les lambeaux sont séparés par des centaines de lieues? Nous avons un intendant à Pesth, un intendant à Bucharest, un intendant à Giurgevo, deux intendants en Sardaigne et trois en Sicile. A un certain jour, comme s'ils se fussent donné le mot, ils ont envoyé leurs comptes, accusant des avances formidables. Des comptes en règle ! Comment vérifier la gestion du marquis ? Je vous le demande ! Comment vérifier, même, la gestion de Domenica ? Essayez, vous verrez ! C'était un gouffre, non pas tant par le pillage extravagant dont leur faiblesse n'avait pu arrêter les excès...

— Et c'est pour combler le gouffre que vous avez opéré les ventes ? dit Mme d'Aleix, qui avait repris sa froideur.

— D'abord, oui, répondit Pernola, et ensuite pour subvenir à des dépenses encore plus insensées. Vous ne me croiriez pas si je vous disais quelle somme a été absorbée par les comédiens de cette farce : la recherche du jeune comte Domenico, le second fils de la marquise...

— Et si on le retrouvait, cependant ? murmura Mme d'Aleix.

Giambattista haussa les épaules.

— On en retrouvera dix au lieu d'un, si on veut, répliqua-t-il avec mépris. Moi qui ne cherche pas, j'en connais déjà une demi-douzaine !

Son regard sournois par-dessous sa franchise de commande, interrogeait le visage de Charlotte. Celle-ci dit :

— Je n'espère pas non plus, mais enfin rien n'est impossible à la bonté de Dieu.

— C'est vrai, fit Giambattista : Comme chrétien, je crois à la résurrection de Lazare.

Il ricana tout doucement, puis reprit :

— Mais c'est que nous sommes un peu loin du temps des miracles. Ma chère cousine, je vous l'ai déjà dit : l'intérêt n'est rien pour moi. Je vis de si peu ! Je donnerais deux doigts de ma main pour retrouver mon jeune cousin Domenico. Son retour me rendrait au repos. Et ce serait le paradis, après l'enfer de ma vie actuelle ! Malheureusement, au milieu de tant de folie, je suis resté sain d'esprit. J'étais là, il y a vingt ans, quand Domenica devint mère pour la seconde fois : ce fut une scène horrible. La folie de Giammaria se déclara cette nuit... Pourquoi vous en dirais-je plus long ? Jetons un voile sur le sanglant secret de notre famille !

— Un seul mot, insista Charlotte, Domenica était témoin comme vous, et si son espoir a survécu...

— La magnifique, l'admirable absurdité des mères ! interrompit le comte. Croyez d'ailleurs ce que vous voudrez, chère Carlotta, je vous ai dit la vérité vraie. Maintenant, si vous voulez réfléchir un peu, votre intelligence si vive et si sûre ne s'étonnera plus du nombre des imposteurs qui commencent à rôder autour de notre prétendue opulence. M᷉ la marquise a fait tout ce qu'il fallait pour cela. Outre les expéditions pour rire qu'elle a organisées malgré moi, une publicité sans exemple a crié jusque dans les coins les plus reculés de l'univers l'annonce de la grande aubaine. Tous les journaux d'Europe et d'Amérique ont porté, pendant plusieurs mois, à leur quatrième page un avis qui pouvait se traduire ainsi : « Telle rue, tel numéro, à Paris, on demande un héritier pour une fortune évaluée à 5o millions de francs ! »

— Je ne puis admettre... voulut dire Carlotta,

— Laissez-moi achever, cousine, j'ai presque fini. Aimez-vous mieux une traduction plus exacte encore : « A L'HOTEL DE SAMPIERRE ON DEMANDE UN IMPOSTEUR ! » Voilà le mot à mot de l'annonce ! N'était-il pas certain qu'un pareil appât ne pouvait tomber au fond de l'eau sans tenter le poisson ! Je ne m'étonne que d'une chose, c'est qu'un millier de va-nu-pieds n'assiège pas à toute heure la porte de la rue de Babylone !

Sur cette chute, le Pernola se mit à ricaner de nouveau. Charlotte dit :

— En effet, jusqu'ici, les faux comtes Domenico de Sampierre n'encombrent pas notre chemin.

— Ma cousine, murmura l'Italien qui, cette fois, la regarda en face et changea de ton brusquement, vous en avez rencontré au moins un, ne me dites pas non !

Et avant qu'elle eût le temps de répondre, il ajouta, faisant effort pour emmieller sa voix de nouveau :

— Vous me couperiez par morceaux sans trouver en moi un atome d'intérêt personnel ou d'ambition. Mon rêve c'est l'heureuse médiocrité. Je ne la souhaite même pas dorée. Mais le hasard, pour mon malheur, a placé entre mes mains une mission sacrée, un sacerdoce. Je représente Sampierre et Paléologue! Je suis l'ange gardien de ces deux illustres maisons, menacées par la ruine... et par la honte peut-être, car qui sait où les conduirait quelque aventurier inconnu, arrivant tout à coup et plantant son pavillon pirate au sommet de notre honneur ? Je ne veux pas de cela, princesse. Je me suis rapproché de vous pour empêcher cela, et je me résume : voulez-vous être avec moi ou contre moi ?

Il se leva. Il semblait plus haut sur ses jambes, et sa figure avait une énergie que Charlotte ne lui connaissait pas.

— Avec moi, poursuivit-il, vous êtes l'héritière de Michela Paléologue. Sans moi, vous n'êtes rien. Je ne m'explique pas, parce que vous me comprenez. Avec moi, vous êtes le salut de la marquise Domenica, votre bienfaitrice et à coup sûr votre parente, au moins par le lien naturel ; sans moi, vous tombez fatalement parmi ceux qui complotent sa ruine. Je vous ai offert ma main ; dans l'ordre des événements probables, c'est celle du futur marquis de Sampierre, que notre union ferait prince

Paléologue. Je suis un homme désintéressé, j'ai de la religion; au sein de notre société corrompue, mes mœurs sont restées pures. Je vous aime, il est vrai, mais je suis le maître de mes passions. Ne me répondez pas : je vous donne huit jours pour réfléchir.

Il s'inclina respectueusement et sortit.

XIV

SAVTA SÉDUITE

L'entrevue de Charlotte et de Pernola avait duré longtemps. Quand Charlotte rentra dans son appartement, elle y trouva Joseph Chaix qui était de retour de son ambassade.

Joseph rapportait la lettre de Charlotte qui n'avait pas été ouverte.

— Est-ce qu'il serait plus souffrant ? demanda Mme d'Aleix inquiète.

— Non, maîtresse, répondit Joseph. Le médecin l'a trouvé mieux.

— Alors, son père était avec lui ?

— Non, maîtresse. Capitaine Blunt était sorti dès le matin.

Charlotte attendit. Joseph avait l'air de fuir une explication. Quand elle lui demanda enfin pourquoi il ne s'était pas acquitté de sa commission, il répondit en rougissant :

— Il y avait une femme au chevet de M. Edouard.

Charlotte rougit aussi, mais ce fut pour pâlir tout de suite après.

— Une femme... jeune ? demanda-t-elle.

— Moins jeune que lui, mais...

— Mais quoi ?

— Très belle.

Charlotte essaya de sourire. Joseph avait les sourcils froncés.

— Est-ce que vous entendiez, hier au soir chez nous, pendant que M. Edouard me parlait de l'autre côté de la porte, princesse ? reprit-il après un instant.

— Oui, répliqua Mme d'Aleix, je crois avoir entendu tout ce qu'il a dit avant de perdre connaissance.

— Alors, vous savez qu'il m'avait donné une commission pour Ville-d'Avray...

— Pour Mme Marion, oui.

— C'est bien le nom qu'il avait dit.

— Il devait dîner avec elle aujourd'hui, dit Charlotte dont la joue redevint rose.

— C'est cela. Eh bien ! quand il m'a vu, il a souri en regardant la femme qui était à son chevet et il m'a dit : « Joseph, mon garçon, ne va pas à Ville-d'Avray, la commission est faite. »

Mme d'Aleix n'interrogea plus. Elle resta pensive.

Au bout de quelques secondes, elle ouvrit l'enveloppe de sa propre lettre que Joseph lui rapportait et la relut. La lettre était ainsi conçue :

« Guérissez-vous bien vite, j'aurai besoin de vous. »

Charlotte fit le geste de déchirer le papier, mais elle se ravisa et s'assit devant le secrétaire.

Sa plume, trempée dans l'encre vivement, resta un instant suspendue, puis elle écrivit avec rapidité sur la même feuille et au-dessous de sa signature :

« *P. S.* — Je voudrais savoir l'heure ou je puis

me présenter chez vous sans y rencontrer *per-sonne.* »

Elle réfléchit encore après avoir écrit cela.

— Il le faut ! murmura-t-elle.

La lettre fut repliée et rendue à Joseph avec cet ordre :

— De manière ou d'autre, M. Edouard doit l'avoir aujourd'hui.

Comme Joseph se retirait, Charlotte ajouta :

— Priez ma bonne Savta de monter sur-le-champ.

Savta entra presque aussitôt après en toilette de grand-messe. Chartotte se jeta à son cou.

— Ma bonne, dit-elle, j'ai quelque chose à te demander : jure-moi que tu me l'accorderas.

Savta refusa d'abord. Elle voulait savoir avant de s'engager.

Elle était pourtant bien loin de deviner l'épreuve à laquelle on allait la soumettre.

Quand elle eut bien résisté, elle céda, disant :

— Je sais que princesse ne fera rien qui soit contraire aux convenances...

Pauvre Savta ! mais aussi, comme elle fut em-brassée !

FIN DU TOME SECOND

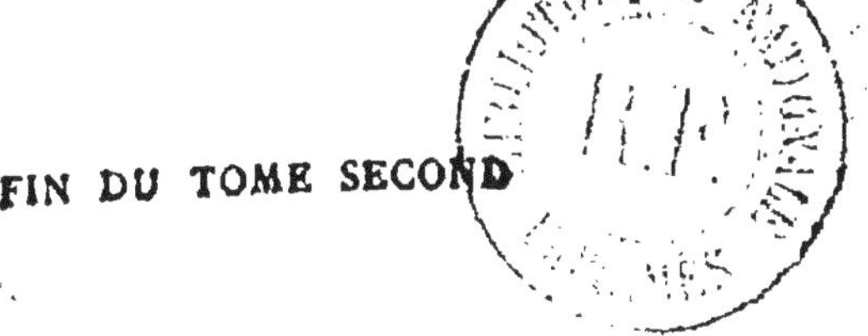

Grande Imprimerie de Troyes, 126, rue Thiers

www.ingramcontent.com/pod-product-compliance
Ingram Content Group UK Ltd.
Pitfield, Milton Keynes, MK11 3LW, UK
UKHW022357090726
13658UKWH00002B/692